KB121469

창귀무쌍 2

2023년 11월 7일 초판 1쇄 인쇄
2023년 11월 10일 초판 1쇄 발행

지은이 송장벌레
발행인 강준규

기획 이기헌 왕소현 임동관 박경무 강민구 조익현
책임편집 김홍식
마케팅지원 이원선

발행처 (주)로크미디어
출판등록 2003년 3월 24일
주소 서울시 마포구 마포대로 45 일진빌딩 6층
Tel (02)3273-5135 **Fax** (02)3273-5134
홈페이지 rokmedia.com **E-mail** rokmedia@empas.com

ⓒ 송장벌레, 2023

값 9,000원

ISBN 979-11-408-1786-3 (2권)
ISBN 979-11-408-1784-9 04810 (세트)

송장벌레 신무협 장편소설

차례

사나운 창자(猛臟)

어장검(魚腸劍)은 한 치의 미동도 없이 칼빛을 뿌린다.

칼의 이름이 가진 '물고기의 창자'라는 뜻처럼, 추이 역시도 창자처럼 늑대의 몸속에 몸을 웅크리고 있었다.

피부로 느껴지는 고기의 차가움, 골수까지 사무쳐 드는 피비린내, 온몸을 꽉 옥죄고 있는 뼈와 가죽.

그 속에 담긴 추이는 한 자루의 칼이 된 것처럼 숨을 죽이고, 날을 갈며, 때를 기다렸다.

시간이 흘러 불이 피어올랐고 북소리가 울려 퍼졌다.

지금 제단에서 검무를 추고 있는 여자는 남궁세가의 귀한 신분이다.

추이는 철저한 사전 조사를 통해 이미 그 사실을 알고 있었다.

칼이 허공을 베어 가르는 소리가 점점 가까워질 무렵, 추이는 늑대 배 속에서 나왔다.

얼굴은 새끼 늑대의 머릿가죽을 뒤집어써 가리고 몸에는 어미 늑대의 피를 묻힌 채로.

'너희 모자의 원수는 내가 대신 갚아 주마.'

추이의 애도를 받을 자격이 있는 존재는 오직 제물이 된 늑대 두 마리뿐.

그 외에는 모두 혈채(血債)를 갚아야 할 채무자에 불과하다.

회귀하기 전의 먼 옛날.

호정문의 억울한 멸문을 그냥 덮어 버렸던 남궁세가의 흉수들을 향해, 추이는 사나운 창자가 되어 뽑혀 나왔다.

쫘ㅡ악!

늑대의 뱃가죽을 찢고 밖으로 나왔을 때, 추이의 눈에 제일 먼저 보이는 이의 얼굴은 남궁율의 것이었다.

검무를 추고 있었던 그녀는 그 동작 그대로 굳어 버린 채 이쪽을 바라본다.

호수처럼 큰 눈동자에 파문이 일었다.

경악, 불신, 공포, 이 모든 감정들이 녹아들어 있는 시선을 맞받으며 추이는 손을 뻗었다.

콱!

남궁율의 목이 추이의 손아귀 안에 떨어져 내렸다.

추이는 손에 힘을 주었다.

…으드득!

그 손에 잡힌 남궁율의 가녀린 목은 금방이라도 부러질 듯하다.

희고 부드러운 살점 속에 여린 대나무처럼 곧게 뻗어 있는 목뼈.

추이는 여차하면 그것을 확 꺾어 부러트릴 기세로 손을 흔들었다.

"켁! 케헥! 킥!"

남궁율은 침을 흘리며 기침했다.

팔다리는 애처롭게 버둥거렸고 곱게 정리되어 있던 머리카락은 순식간에 산발이 되었다.

좀 전까지의 신비롭던 분위기는 간 곳이 없었다.

난데없이 뛰어나온 혈괴인(血怪人)에게 멱줄을 잡혀 있으니 당연한 일이었다.

추이는 남궁율을 바짝 끌어당겼고 그녀의 뒷목을 찍어 눌렀다.

그리고 다른 손에 든 어장검으로 남궁율의 귓등을 툭 건드렸다.

"지금부터 혈도를 짚을 것인데."

"……."

"발버둥 치면 귀를 자르겠다."

"……"

남궁율은 아찔하다는 듯 눈을 질끈 감았다.

혈도를 짚기 전, 추이는 남궁율의 목을 잡은 손으로 그녀의 내공을 살폈다.

'공력은 심후하나 실전 경험은 조금도 없군.'

책상에 앉아서 무공을 배우면 이렇게 된다.

덩치만 컸지, 솜털도 채 안 빠진 햇병아리로 크는 것이다.

병아리는 아무리 커도 병아리다.

작은 매에게도 쉽게 채여 가 모든 것을 뺏겨 버린다.

추이는 남궁율의 마혈(痲穴)과 아혈(啞穴)을 짚었다.

그러고는 그녀의 목을 쥔 채 몸 전체를 들어 올렸고 그대로 제단 맨 앞을 향해 끌고 갔다.

그때까지도 남궁세가의 무사들은 제단으로 올라오지 못하고 있었다.

"네, 네 이놈! 이 쳐죽일 놈아! 당장 내 딸을 풀어 주……!"

눈이 뒤집힌 남궁파가 막 소리를 지르던 그때.

추이의 입이 열렸다.

"내 요구 조건은 두 가지다."

딱딱하고 무미건조한 목소리.

모든 이들의 시선이 추이가 쓰고 있는 늑대 가면으로 향했다.

남궁파가 외쳤다.

"이 악적 놈아! 내 딸부터 풀어놓으란 말이 안 들리더⋯⋯!"

그때, 옆에 있던 누군가가 남궁파의 말을 끊었다.

"좀 조용히 해 봐라. 뭐라고 하는지 안 들리지 않누."

"⋯⋯!"

남궁파에게 면박을 준 이의 정체는 바로 남궁천이었다.

어느새 누각에서 내려온 것일까?

그는 태연한 표정으로 수염을 쓰다듬고 있었다.

"아들아. 경거망동하지 말거라. 너는 가주 위를 물려받고도 그 버릇을 못 고치겠느냐?"

"⋯⋯."

"죽일 생각이었으면 바로 죽였겠지. 뭔가 달리 원하는 게 있으니 저기서 저러고 있지 않겠누?"

남궁천의 말에 남궁파가 기세를 가라앉혔다.

남궁세가의 모든 무사들이 지켜보는 가운데, 다시끔 추이가 입을 열었다.

"똑똑하군, 늙은이."

"고마우이, 젊은이."

세상 사람들이 미처 경악할 틈도 없이, 추이와 남궁천은 간략하게나마 대화를 나누었다.

천하의 검왕을 상대로 늙은이라는 말을 내뱉은 괴한도 놀랍거니와, 그것에 대꾸하는 남궁천의 태도도 예삿것이 아니었다.

남궁천은 말을 더 해 보라는 듯 손짓했다.

추이가 다시 입을 열었다.

"앞으로 내 말을 끊으려 드는 놈이 있다면."

늑대 가면 속의 무심한 시선이 남궁파를 향한다.

"그 전에 먼저 이년의 멱부터 끊어 놓고 보겠다."

모두가 입을 다물었다.

남궁파 역시도 입술을 꽉 깨물 뿐 아무런 대응도 하지 못하고 있었다.

이윽고, 추이가 말을 이었다.

"아까도 말했듯, 내 요구 조건은 두 가지다."

추이는 제단 아래에 모인 모든 군중들을 쭉 훑어보며 담담하게 이야기했다.

"첫째. 오늘의 삽혈맹세는 무효다. 불공정하기 때문이다."

그 말에 남궁세가 인사들의 표정이 딱딱하게 굳었고 다른 이들의 표정은 미묘하게 변했다.

방금 추이가 한 말은 남궁세가에만 해롭고 다른 사람들에게는 이로웠기 때문이다.

추이는 계속해서 말을 이어 나갔다.

"정파의 거목이라 불리는 남궁세가가 이따위 저열한 불공정 계약이나 일삼고 있으니 대의가 바로 서지 않는 것이다.

나는 오늘 공익을 위해 이 자리에 섰다."

그 뒤로 약간의 침묵이 이어졌다.

청중들은 추이의 연설에 미묘한 반응을 보이고 있었다.

당연히 환호는 없었지만, 그렇다고 야유도 없었다.

모든 이들이 남궁세가의 눈치를 보고 있는 것이다.

하지만 남궁세가에서 어떠한 반응이 있기도 전에, 추이가
두 번째 요구를 말했다.

"둘째. 이 조약을 만든 놈을 죽여야겠다. 그놈을 이 제단
으로 올려 보내면 이년은 상처 하나 없이 풀어 주마."

그 말에 미묘한 표정으로 눈알을 굴리던 청중들 역시도 경
악했다.

설마 첫 번째 요구에서 더 막 나가는 요구를 할 줄은 몰랐
던 것이다.

이윽고, 남궁파가 조심스럽게 손을 들어 올렸다.

추이는 고개를 까닥 움직여 그에게 발언권을 허락해 주었
다.

남궁파가 이를 뿌득 갈고는 말했다.

"말 다 했나?"

"다 했다."

"그럼 이제 내가 대답해도 되나?"

"그래라."

추이가 고개를 끄덕이자 남궁파는 나직하게 한숨을 내쉬

었다.

그러고는 무거운 목소리로 말을 이었다.

"조약은 공정하게 수정하도록 하겠다. 그러나, 조약 사항을 만든 이를 죽이는 것은 안 된……."

"안 된다고 하기 전에 본인의 의사를 먼저 물어보는 것이 어떤가?"

추이의 답변이 남궁파의 말을 끊었다.

그러자, 군중들의 시선이 한 곳을 향해 옮겨 갔다.

"……!"

바로 남궁팽생이 서 있는 자리였다.

멀뚱멀뚱 서 있던 남궁팽생의 표정이 당혹으로 물들었다.

이번 불공정조약의 조약 사항들을 만든 것이 바로 그였기 때문이다.

괴한이 이 사실을 어떻게 알았는지는 모르겠지만, 지금은 그것을 고민하고 있을 때가 아니었다.

이윽고, 남궁팽생은 버럭 소리쳤다.

"이 악적 놈아! 남궁이 네놈의 세 치 간교한 혀에 놀아날 것 같으냐?"

하지만 추이는 태연했다.

"너만 여기로 올라온다면 이 여자는 상처 없이 놓아주마."

"미친놈! 내 무공을 봉하기라도 하겠다는 거냐? 말 같은 말을 해라! 이 혀를 뽑아 소금에 절여도 모자랄 놈아!"

남궁팽생은 받아들일 수 없다는 듯 악다구니를 썼다.

남궁파는 그것을 보며 이마에 핏줄을 세웠다.

"……."

하지만 어쩔 수 없는 일이다.

지금 추이의 요구는 남궁팽생에게 남궁율 대신 죽으라는 소리이니 그로서도 어쩔 수 없을 테니까.

그러나.

"내가 언제 무공을 봉하라고 했지?"

추이의 어조는 여전히 느른하고 태연했다.

정말로 몰라서 묻는다는 듯한 태도였다.

남궁팽생이 미간을 와락 찡그렸다.

"……무슨 소리냐, 이 악적 놈아! 율아를 내려보낼 테니 나보고 거기 대신 올라오라면서? 인질을 교환하겠다는 것 아니냐!"

남궁팽생이 묻자, 추이가 다시 한번 대답했다.

"무공은 봉하지 않아도 된다. 그냥 올라와."

"……?"

"너쯤은 그냥도 때려죽일 수 있으니까."

"……!"

이것은 인질극을 떠나 무인 대 무인으로서의 모욕이다.

이런 말을 듣고도 그냥 넘어갈 수 있는 무림인들이 세상에 몇이나 되겠는가?

하물며 정도십오주의 하나로 이름 높은 남궁세가의 원로
씩이나 되는 사람이라면 더더욱 그렇다.

남궁팽생의 얼굴이 분노로 인해 시뻘겋게 달아올랐다.

이윽고, 그는 남궁파를 돌아보며 버럭 소리쳤다.

"가주! 가겠소! 내가 올라가서 율아를 구해 오겠소이다!"

"……."

그 말에 남궁파는 입을 다물고 침묵했다.

이런 상황에서는 남궁팽생이 추이의 요구를 거절하기 쉽
지 않을 것이다.

괴한의 말이 옳고 그름을 떠나서, 대중들이 주목하는 관점
이 이미 남궁팽생이 조카를 위해 몸을 던질 것이냐, 던지지
않을 것이냐로 고정되어 버렸기 때문이다.

남궁파 역시도 그것을 알고 있었다.

하지만.

"……."

그는 여전히 망설이고 있었다.

괴한의 술수에 말려드는 것은 경계해야 하지만, 인질로 잡
혀 있는 딸의 목숨이 너무나도 소중하다.

결국. 남궁파는 결정을 내렸다.

"알겠소 북궁원로. 올라가 주시오."

"……!"

가주의 허락이 떨어지자 남궁팽생의 표정이 묘하게 변한

다.

뭐랄까, 막상 올라가려니 찜찜하고 불안해졌달까.

저 괴한 놈이 무슨 수를 감추고 있을지 전혀 모르고 있는 상황에서 너무 섣불리 제안에 응해 버렸다.

"......끙."

남궁팽생은 제단 앞에 엉거주춤하게 선 자세로 망설이기 시작했다.

가주인 남궁파 역시도 그를 독촉할 수 없었다.

자칫 잘못하면 가주의 도리를 다하지 못하고 가신을 사지로 내모는 그림으로 비칠 수 있기 때문이었다.

"......"

모든 이들이 엉거주춤 망설인다.

군중들은 남궁세가에 닥친 이 사건에 얼떨떨해하고 있었고 남궁세가 역시 처음 겪어 보는 일에 당혹스럽기는 매한가지.

가주인 남궁파와 괴한에게 지목당한 당사자인 남궁팽생 역시도 이러지도 저러지도 못한 채 머뭇거리고 있었다.

바로 그때. 짜증스럽다는 듯한 고함 소리가 들려왔다.

"팽생, 이 게을러 터진 놈아! 이 늙은이를 언제까지 기다리게 할 게야!"

남궁천.

이 상황에서 누구의 눈치도 살피지 않고 있는 유일한 존재.

늘 무료한 표정을 지은 채 꾸벅꾸벅 졸던 그가 천둥 같은 목소리로 호통치고 있었다.

게다가 눈빛은 또 어떤가?

마치 십수 년은 젊어진 듯한 초롱초롱한 눈빛.

마치 이 상황이 재미있어 죽겠다는 듯한 시선이었다.

남궁천의 꾸중을 들은 남궁팽생이 뜨거운 물에 데인 것처럼 깜짝 놀라며 고개를 조아렸다.

"예, 예! 선가주님! 지, 지금 바로 올라가겠습니다!"

이로서 성사되었다.

온몸에 피를 뒤집어쓴 괴인.

그리고 남궁세가의 늙은 원로.

이 둘 간의 생사결(生死決)이 말이다.

남궁팽생(南宮彭生).

장원 북쪽에 위치해 있는 큰 궁의 주인.

전대 가주 때부터 원로원에 몸담고 있었던 남궁세가의 실세.

추이는 그런 남궁팽생의 얼굴을 가만히 들여다보았다.

뱀처럼 찢어진 눈, 강퍅하게 생긴 매부리코, 가슴께까지 기른 회색 수염, 뺨과 눈을 세로지르는 흉터.

'맞군.'

추이는 고개를 끄덕였다.

기억 속에 있던 얼굴보다 다소 젊기는 하지만 그런 것은 문제가 되지 않았다.

과거 호예양의 살생부 최상단에 올라 있었던 이름과 인상 착의.

그 죄목은 간단했다.

'호정문의 멸문을 보고받고도 그것을 제대로 조사하지 않은 채 덮어 버린 놈. 그것은 조가장의 조양자와 먼 친척 관계였기 때문이었지.'

남궁팽생은 조가장의 장주 조양자에게 보호비 외에 따로 뒷돈을 받고 있었다.

또한 조가장 말고도 다른 산하 문파들에게 뒷돈을 받거나 혹은 기타 향응을 제공받아 왔다.

가세가 기울고 있는 곳의 여식이 마음에 든다 싶으면 힘과 지위를 앞세워서 강제로 첩실로 맞이하기를 부지기수였다.

또한, 남궁팽생은 호예양와 추이에게도 직접적인 원한을 산 적이 있었다.

일단 변방까지 도망치는 호예양을 기어코 집요하게 추격해서 그녀의 가슴과 허리에 큰 상처를 입힌 인물이기도 했고, 오독교(五毒教)의 잔당을 궤멸시킨 뒤 창왕이라는 별호로 불리던 추이를 무림공적으로 몰아넣는 여론전을 펼쳤던 인물이기도 했다.

이러나저러나 추이와 남궁팽생은 같은 하늘을 이고 살 수 없는, 불구대천(不俱戴天)의 원수지간인 셈이다.

꾸욱—

추이는 남궁율의 목을 잡은 손에 힘을 주었다.

그리고 제단으로 올라온 남궁팽생에게 물었다.

"도축장의 백정들에게 들었다. 이 늑대들을 잡아 온 게 너라고. 맞나?"

"그렇다."

"어미 늑대를 잡았으면 됐지, 새끼 늑대까지 잡았던 이유가 뭐냐?"

추이의 물음에 남궁팽생은 콧방귀를 뀌었다.

"위험한 종자들은 씨를 말려 놔야지. 살려 둬 봤자 인간에게 복수심을 품은 해수가 될 뿐이니까."

"……."

대답이 되었다.

남궁팽생은 아마 같은 사고방식으로 호정문의 유일한 생존자인 호예양을 뒤쫓았을 것이다.

호정문의 가주였던 호연암이 죽었으면 끝난 일이거늘, 굳이 그 새끼까지 뒤쫓아 죽이려 든 것을 보면 그의 집요함과 악독함을 알 수 있었다.

추이는 제단에 죽어 있는 어미 늑대와 새끼 늑대를 향해 말했다.

"저 늙은 여우는 내가 대신 잡아 주마."

동시에, 추이는 손에 쥐고 있던 남궁율을 들어 올렸다.

아혈을 짚자 그녀의 입이 벌어진다.

남궁율은 천천히, 마비가 반쯤 풀려 어눌해진 어조로 말했다.

"이…… 악적…… 남궁세가…… 한복판…… 이런 짓을…… 벌이고도…… 무사……할 수…….."

하지만, 추이는 그녀의 말 따위는 조금도 귀담아 듣지 않았다.

쑤-욱!

벌어졌던 남궁율의 입안으로 무언가가 들어갔다.

그것은 혓바닥.

바로 추이의 혀였다.

"……!?"

"……!?"

"……!?"

지켜보던 모든 이들이 경악했다.

남궁율 역시도 마찬가지였다.

하지만 그러거나 말거나, 추이는 계속해서 남궁율과 혀를 섞는다.

꿀꺽-

남궁율은 무언가가 목젖을 타넘어 들어오자 화들짝 놀랐다.

"컥!?"

남녀의 침이 한데 뒤섞이는 순간, 곧바로 입안이 타들어가는 듯한 매운맛이 느껴졌다.

"꺄아아아아악!"

남궁율이 비명을 지르자 제단 아래에 있던 남궁파가 다급하게 소리쳤다.

"무, 무슨 짓이냐! 약속이 다르지 않느냐!"

"상처는 안 냈다. 독을 먹였을 뿐. 약속을 어긴 것은 없지."

추이는 소매로 입을 한번 슥 닦고는 남궁율의 엉덩이를 발로 뻥 걷어차 제단 아래로 떨어트렸다.

남궁파가 허공을 밟고 날아올라 남궁율을 받아 들었다.

남궁율은 눈을 까뒤집은 채 입에 거품을 물고 있었다.

한눈에 보기에도 중독 상태임이 명백해 보였다.

'……젠장! 대체 무슨 독이지?'

산전수전 다 겪어 본 남궁파조차도 짐작 가는 독이 없다.

아마도 극도로 희귀한 산공독 종류인 모양.

"의원! 의원은 어디에 있느냐!?"

남궁파는 남궁율을 업고 나는 듯이 달려 의원이 있는 곳으로 향한다.

한편, 남궁세가의 무인들은 저마다 칼을 빼 들고 제단을 포위했다.

남궁율이 빠져나온 이상 저 괴한을 살려 둘 이유가 조금도 없기 때문이다.

하지만.

추이는 바지 주머니에서 작은 병 하나를 꺼내 들었다.

"이건 해독제다."

"……."

"제단으로 다른 놈이 올라오거나, 남궁팽생, 네가 도망간 다면 이 병은 바로 깨질 것이다."

추이의 태연한 말에 남궁팽생의 표정이 다시 한번 일그러졌다.

칼을 뽑아 들고 제단으로 올라오려던 남궁세가의 무사들이 다시 제단 밑으로 내려가며 이를 뿌득뿌득 갈게 되었다.

이윽고.

터-엉!

추이는 늑대를 묶고 있던 끈을 끊어 냈다.

옮길 때 장정 서넛이 달라붙어야 했던 검은 장대가 추이의 손에 들렸다.

남궁팽생을 비롯한 몇몇 노련한 이들은 그제야 그것의 정체를 알아볼 수 있었다.

"그것은 곤귀 구강룡의 곤…… 사도련의 수금귀와 무슨 관계냐?"

"알 것 없다."

추이가 귀찮다는 듯 손사래를 치자 남궁팽생이 이를 뿌득 갈았다.

"그렇군. 알겠다. 감이 오는구나. 네가 조가장과 흑도방을 몰살시킨 삼칭황천이라는 놈이었군."

"마음대로 생각해라."

"같잖은 잡배야. 나를 조양자 따위와 비교했다가는 큰코다칠 것이야."

이윽고, 해독제가 든 병을 앞에 두고 남궁팽생이 기세를 끌어올렸다.

칼을 든 남궁세가 무인들이 지켜보는 가운데 추이 역시도 전투에 돌입한다.

ㅊㅊㅊㅊㅊㅊㅊ……

추이가 든 흑색의 곤이 시뻘겋게 달아오르기 시작했다.

창귀들이 피눈물을 흘리며 곤 끝을 기어오른다.

그것은 오직 추이와 남궁팽생에게만 보이고 있었다.

"조, 조양자!? 그대가 어째서……?"

추이의 곤 끝에서 울부짖는 조양자의 얼굴을 본 남궁팽생은 기절할 듯 놀라며 눈을 크게 떴다.

이윽고, 남궁팽생이 씹어 내뱉듯 외쳤다.

"사술! 사술이다! 아니, 이건 마공이 분명한…… 헉!?"

하지만 남궁팽생의 목소리는 바람에 묻혀 버렸다.

추이의 흑곤이 어마어마한 기세로 날아든다.

콰—쾅!

위에서 아래로, 단순하게 떨어져 내린 흑색의 벼락은 그 높던 제단을 두 조각으로 쪼개 버렸다.

쩌저저저저저적!

양쪽으로 벌어지는 제단.

남궁팽생은 재빨리 칼을 휘둘러 추이의 곤에 대응했다.

한데?

쉬릭—

추이는 곤을 휘둘러 제단을 쪼개 버린 즉시 곤을 놓아 버렸다.

그러고는 품에서 두 자루의 송곳을 쥐고는 그대로 남궁팽생의 눈과 심장을 노렸다.

"……!?"

남궁팽생은 황급히 왼손을 들어 올려 눈을 가렸고 몸은 옆으로 한껏 비틀었다.

그 때문에 심장을 노렸던 송곳은 그의 수염을 싹둑 잘라 버리는 것에 그쳤고 눈을 노렸던 송곳은 그의 왼손을 관통하고 나서 멈췄다.

후두둑— 후두두둑—

붉은 피를 흩뿌리며 물러난 남궁팽생의 머리 위로 이번에는 망치가 떨어져 내렸다.

남궁팽생은 황급히 발을 뒤로 물러 망치를 피했으나.

뿌직!

바닥에 이미 자리하고 있던 수많은 마름쇠들 중 몇 개를 밟고 말았다.

"크윽! 뭐 이런 개 같은……!"

남궁팽생은 발바닥을 뚫고 들어와 발등으로 삐죽 고개를 내민 마름쇠들을 보며 이를 갈았다.

그런 상황 속에서.

…타악!

추이가 손을 뒤로 뺐다.

그러자 손목에 묶여 있는 잠사가 제단 가운데로 떨어졌던 곤을 끌어올린다.

차라라라락! 부웅—

추이의 곤이 다시 한번 휘둘러졌다.

"제대로 해라. 해독제 필요 없어?"

"이 건방진 애송이가!"

남궁팽생은 내력을 있는 힘껏 끌어올려 검에 실었다.

검과 곤이 한데 부딪친다.

쩌—엉!

묵직한 쇳소리가 장원 전체를 떨어 울린다.

절정에 이르른 남궁팽생의 내력은 과연 심후한 것이었다.

그의 칼끝에서 피어오른 검기(劍氣)는 기체의 수준을 넘어 농밀한 액체로 변해 있었다.

마치 꿀처럼 끈적하게 방울져 떨어지는 검루(劍淚), 그것이 추이를 향해 확 흩뿌려진다.

"……."

추이는 몸을 활처럼 구부려 남궁팽생의 검루들을 피해 냈다.

마치 용암 방울이 튄 것처럼, 남궁팽생의 검루에 닿은 곳은 맹렬한 기세로 쪼개지고 타들어간다.

쾅! 쩌억- 까앙!

추이는 방울방울 날아드는 검루를 모두 받아쳐 날려 버렸다.

'가라.'

추이는 곤에 들러붙어 있던 창귀들에게 명령을 내렸다.

수많은 창귀들이 자신의 한(恨)을 내공으로 변환시켜 추이의 혈관 속을 맴돈다.

그것들은 이내 순도 높은 창기(槍氣)로 변하여 곤 끝에 끈적한 액체처럼 늘어졌다.

그것을 본 남궁팽생의 눈이 휘둥그레진다.

추이는 그런 남궁팽생의 앞으로 곧장 뛰어들었다.

"말했잖아."

그리고 품 안에 숨겨 놓았던 마름쇠들을 죄다 흩뿌렸다.

"너 정도는 충분히 때려잡는다고."

추이의 곤이 허공에 뜬 마름쇠들을 향해 쇄도했다.

퍼퍼퍼퍼퍼펑! 따따따따따따땅!

불똥과 함께, 대량의 마름쇠들이 곤에 부딪쳐 날아갔다.

그것들은 죄다 남궁팽생을 향하고 있었다.

"크윽!?"

남궁팽생은 칼을 휘둘러 검루를 넓게 펼쳤다.

마치 검막(劍膜)과도 같은 형태였다.

하지만 날아드는 마름쇠에도 추이의 창루가 묻어 있었다.

퍼퍼퍼퍼퍼퍽!

그것은 남궁팽생이 펼친 검막을 뚫고 들어와 그의 전신에 얇게나마 틀어박혔다.

남궁팽생은 눈을 비롯한 급소로 날아드는 몇몇 마름쇠를 칼로 쳐냈다.

그러느라 자신의 정수리를 향해 떨어져 내리는 추이의 망치를 미처 보지 못했고 말이다.

"헉!?"

남궁팽생은 황급히 고개를 옆으로 치웠다.

추이의 망치가 일직선으로 떨어져 내려 그의 귀를 찢어 버렸고, 곧이어 빗장뼈를 부숴 놓았다.

빠—각!

쇄골이 부러지는 것을 넘어 모래알처럼 바스러지는 감각.

남궁팽생은 이를 꽉 악물었다.

고강한 무공과 그렇지 않은 전투법.

대체 이런 상식 외의 고수가 어디서 출몰했는지, 왜 자신에게 원한을 가지고 있는지, 남궁팽생은 그저 의아하기만 할 따름이었다.

"뒈져라!"

하지만 그런 호기심을 푸는 것보다 중요한 것은 눈앞의 적을 죽이는 것이다.

남궁팽생의 칼에서 시퍼런 검루가 휘몰아쳤다.

초승달 모양의 긴 궤적이 '창궁무애검법'의 진수를 허공에 그려 내고 있었다.

바로 그 순간.

추이가 몸을 낮췄다.

별달리 효과가 있는 방어 자세는 아니었다.

굳이 따지자면 바닥을 굴러 도망치기 위한 나려타곤의 자세.

체면을 중요시하는 정도의 무인들이라면 백안시하는 회피 동작이었다.

하지만 상대는 상식 외의 인물, 바닥을 구르는 것은 물론 기어서 도망칠 수도 있다고 판단한 남궁팽생은 칼의 궤적을 더더욱 촘촘하게 짰다.

천망(天網). 하늘에서 덮치는 그물처럼, 남궁팽생의 검격이 추이를 옥죄어 오고 있었다.

바로 그 순간.

"퉤—"

추이가 침을 뱉었다.

새빨간 피가 섞인 침이 남궁팽생이 짜 놓은 검루의 그물코 사이를 뚫고 날아들었다.

그것은 정확히, 반쯤 벌어져 있던 남궁팽생의 입안으로 들어갔다.

"컥!? 카학!"

남궁팽생이 별안간 검을 뒤로 물렀다.

입안 전체가 타들어간다.

두피와 겨드랑이, 사타구니가 순식간에 땀으로 축축해졌다.

혀뿌리가 뽑혀 나오는 듯한 매운맛에 정신이 절로 아찔해지고 있었다.

추이는 과거 홍공이 했던 말을 생각했다.

'이 무공을 숙련되게 익힌 자를 '이올(彝兀)'이라 부른다. 이올의 피는 어지간한 무림인에게는 극독과 같다. 자신의 것이 아닌 남의 내공을 태우고 말려 버리기 때문이다.'

말 그대로다.

추이의 침은 극독과도 같다.

무시무시한 매운맛과 더불어 타인의 내공을 가뭄 맞은 논바닥처럼 쩍쩍 말려 버리기 때문이다.

'아직 이올의 경지가 낮아서 지속 시간은 그리 길지 않지

만…… 그래도 꽤나 충격적일 것이다.'

아까 추이가 남궁율에게 입맞춤을 통해 먹인 침 역시도 같은 원리였다.

"컥! 커헉! 으으윽!?"

남궁팽생은 목을 움켜쥔 채 뒤로 물러났다.

그때, 추이가 돌발행동을 했다.

이 자리에 모인 모든 이들이 전혀 예상하지 못했던 행동이었다.

…땅그랑!

추이는 해독제 병을 남궁팽생의 발치로 던졌다.

그러고는 태연하게 말했다.

"내가 네게 먹인 독의 해독제는 이것 하나뿐이다."

추이는 그 뒤를 이어 말하려 했다.

"선택해라. 이 해독제를 남궁율에게 먹일 것인지, 아니면 네가 먹을 것인……"

하지만 추이의 말은 도중에 끊겼다.

"으아아아아아!"

남궁팽생이 해독제를 집어 들더니 그것을 바로 제 입에 처넣었기 때문이다.

내공이 시시각각 말라비틀어지는 데다가, 무엇보다 입안이 너무너무 매우니 도무지 제정신을 유지할 수가 없었을 것이다.

하지만.

"⋯⋯."

"⋯⋯."

"⋯⋯."

그 점을 이해해 주는 사람은 군중들 속에 없었다.

조카를 살릴 수 있는 유일한 해독제를 저 살자고 홀랑 까먹어 버린 놈.

그것이 대중들이 남궁팽생을 바라보는 시선이었다.

⋯⋯하지만.

"커헉!?"

그렇게 해서 해독제를 삼킨 남궁팽생의 상황은 더더욱 나빠질 뿐이었다.

맵고, 내공이 타들어가는 데다가, 숨까지 잘 안 쉬어지기 시작했다.

남궁팽생의 안색이 거무죽죽하게 죽어 간다.

"⋯⋯? ⋯⋯? ⋯⋯?"

의아한 기색으로 고개를 드는 남궁팽생에게, 추이는 대수롭지 않다는 듯 말했다.

"뻥이야."

상대가 심계(心計)에 걸려들었다.

추이의 침이 가지는 독성은 반 시진도 채 가지 못하고 자연스럽게 사라져 버린다.

하지만, 방금 전에 남궁팽생이 해독제인 줄 알고 삼킨 독은 그 유명한 강족의 독.

추이가 조가장을 멸문시킬 때 사용했던 맹독이기도 했다.

그러니까, 방금 전의 유리병 속에 담겨 있던 것이 진짜 함정인 것이다.

'끝났군.'

추이는 전투의 끝이 다가오고 있음을 직감했다.

아울러 남궁세가에서의 볼일 역시도 이제는 사라질 것이다.

드르르르르륵……

추이는 무거운 곤 끝을 바닥에 대고 끌며 남궁팽생을 향해 걸어갔다.

한편.

"크아아아아아아악!"

남궁팽생은 검은 눈물을 흘리며 괴로워하고 있었다.

핏발이 잔뜩 곤두선 눈에는 아무것도 보이지 않는 듯하다.

처음부터 끝까지 상대에게 끌려다니기만 하다가, 마지막에는 심계에 걸려 허무하게 중독되어 버렸으니 분노에 눈이 머는 것도 당연했다.

남궁팽생이 아무도 없는 허공에 대고 칼을 휘두르며 발악했다.

"이, 이 비겁한 놈! 저, 정정당당하지 못하게!"

"……정정당당?"

추이는 육각형의 쇠기둥을 높이 들어 올리며 웃었다.

비겁에 정정당당이라.

실로 오랜만에 들어 보는 농담이 아닌가.

"으아아아아아아!"

남궁팽생은 칼을 휘둘렀다.

한 치 앞도 보이지 않는 어둠 속, 검붉은 창귀들이 낄낄거리며 그런 남궁팽생을 농락하고 있었다.

[이놈 팽생아─]

[우리에게 뒷돈 받아 처먹을 때는 좋았지?]

[다 끝났다. 자, 이제 산군(山君)님을 따라가자.]

[히히히히히─ 꼴 좋다, 이 색마 놈아. 히히히히히─]

[팽생아─ 팽생아─ 남궁팽생아─ 내 늘 네놈을 벼르고 있었느니라!]

흑도방과 조가장의 창귀들이 비웃음을 흘리며 눈먼 남궁팽생의 주위를 맴돌았다.

분노는 피를 빠르게 돌게 하고, 빠르게 도는 피는 독을 온몸 구석구석까지 밀어 보낸다.

강족의 독은 제일 먼저 눈을 멀게 만든다.

그다음은 귀를 닫게 하고, 그다음은 코를 막히게 한다.

반면 입은 여전히 잘 벌어지며 혓바닥도 여전히 팔팔하게 움직인다.

특이하게도, 강족의 독은 입에는 아무런 영향을 미치지 않았다.

그래서일까, 남궁팽생은 눈과 귀를 닫은 채 입만 크게 열고 있는 것이다.

"이 새끼들! 이 벌레만도 못한 새끼들아! 살아 있었으면 내 눈도 못 마주쳤을 쓰레기들이!"

남궁팽생의 칼이 허공을 베어 가른다.

그의 칼은 잘 벼려낸 명검.

일검에 바위도 쪼개 버릴 수 있을 정도로 강한 칼이다.

하지만 칼은 결국 산 것을 죽일 수 있을 뿐, 죽은 것을 다시 죽일 수는 없다.

창귀들은 남궁팽생이 아는 모든 사람들의 목소리를 흉내 내며 그를 조롱하고 비웃었다.

[너, 돈 받고 지인의 아들내미를 무림맹에 특별 채용해 주었지? 그때 최종 면접에서 떨어졌던 청년 둘이 자살한 것을 알고 있느뇨?]

[팽생 이 개자식아— 나를 지방으로 좌천시켜 놓고 내 마누라랑 붙어먹은 걸 내가 모를 줄 아느냐!]

[내 딸을 몰래 첩실로 들여서 학대하더니, 애 낳고 산후조리 한 번을 안 시켜 줘서 결국에는 죽여 놓았지?]

[이놈 팽생아! 내가 누군 줄 아느냐! 네가 마도의 첩자라고 누명을 씌워서 처형했던 우가장의 장주다! 내게서 빼앗아 갔

던 *장보도는 어쨌느냐!?]*

창귀들은 남궁팽생의 과거들을 늘어놓으며 연신 비웃어 댄다.

남궁팽생은 이빨이 부러져 나가는 것도 모른 채 이를 뿌득 뿌득 갈았다.

"아니다! 나, 나는 뒷돈을 받지 않았어! 첩들이 죽어 나가는 건 모르는 일이다! 다 마도의 첩자들이 꾸며낸 일이야! 나, 나는 몰라!"

바로 그때, 그의 앞에 또 다른 창귀 하나가 나타났다.

붉은 수염을 길게 기른 노인.

뻥 뚫린 두 눈구멍에서는 핏물이 울컥울컥 차올라 줄줄 흘러내리고 있었다.

남궁팽생은 기겁했다.

"조, 조양자…… 당신이 어떻게…… 주, 죽었잖아 너는!"

[죽기는. 그대를 남겨 놓고 내 어찌 혼자 가리까.]

조양자의 입이 귀밑까지 찢어졌다.

그 무시무시한 미소 앞에서 남궁팽생은 악에 받쳐 소리 질렀다.

"이노옴! 뒈지려면 혼자 뒈질 것이지 왜 수살귀처럼 나를 잡아끄느냐!"

[그동안 그대의 구린 뒷일을 다 내가 도맡아서 하지 않았소이까. 그러니 우리는 한 몸이 아니겠소. 끌끌끌……]

"닥쳐라! 원로의 자리를 유지하기 위한 고육계(苦肉計)였을 뿐이다! 나를 방해한 놈들이 잘못한 게야!"

[잘 알고 있소. 그대를 원로로 만들어 준 공신들 중의 하나가 나 아니오.]

"공신? 주제도 모르는 소리! 조양자, 네놈은 그냥 사냥개였을 뿐이야! 병신 만들라는 놈 병신 만들고! 죽이라는 놈 죽이고! 시키면 시키는 대로 돈이나 가져오는! 네놈뿐만이 아니라 남궁세가 북궁원도! 그 밑에 산하 문파나 세가들도 다 똑같다! 다 개새끼들일 뿐이라고!"

[그렇소. 그동안 뒤 구린 일 참 많이도 시키셨소. 끌끌끌…… 그 덕에 나는 이렇게 뚝배기 속 개장국 한 그릇만도 못한 신세가 되었구료.]

"다 네놈이 자초한 일이다! 네놈이 남궁세가의 삽혈맹세에 참여했을 때부터, 남궁의 산하로 들어왔을 때부터, 네놈은 나의 개가 되기를 자처한 게야! 개면 개답게 주인 말을 들어라! 어서 저승으로 꺼져 버리란 말이다!"

남궁팽생이 내력을 쥐어짰다.

검은 피를 토하면서까지 내지른 일격이 조양자의 창귀를 반으로 갈라 버렸다.

그러자 조양자가 낄낄 웃었다.

[곧 나를 따라오게 될 거요, 북궁원로. 이곳은 매우 춥고 고독하니…… 각오 단단히 하고 오시오…… 끌끌끌끌…….]

끝으로, 조양자의 창귀가 확 사라졌다.

동시에 남궁팽생은 입에서 엄청난 양의 검은 피를 토해 냈다.

"크허억…… 꺼헉!"

시야가 천천히 돌아온다.

남궁팽생은 산발이 된 머리카락 사이로 시선을 들었다.

"……."

"……."

"……."

그는 반으로 쪼개진 제단에 서 있었다.

그리고 그 밑에는 남궁세가의 무인들, 그리고 남궁세가의 초청을 받아 모인 안휘성의 저명인사들이 모두 모여 있었다.

그들은 하나같이 차가운 시선으로 남궁팽생을 바라본다.

"……?"

남궁팽생은 장내의 분위기가 왜 이런지 몰라 어리둥절한 표정을 지었다.

그때, 한 중년인이 벌떡 일어났다.

그는 재시현 최가장의 장주 최은조였다.

"북궁원로! 방금 하신 말씀이 진담이오!"

"……?"

남궁팽생은 멍한 표정으로 그를 바라보았다.

방금 전에 자신이 무슨 말을 했더라?

이상하게 기억이 나지 않는다.

마치 무언가, 잡귀 같은 것에 홀린 듯한 기분.

이윽고, 옆에서 또 한 명이 분개한 표정으로 일어났다.

그는 재시현의 옆 고빈현의 대표 문파 대나빈문의 문주 이주선이다.

"남궁세가는 삽혈맹세를 한 산하 조직들을 오직 키우는 사냥개 정도로 여긴다는 말이오!?"

그 뒤는 가히 우후죽순이라는 말이 딱 맞는 상황이었다.

곳곳에서 가주, 문주들이 일어나 남궁팽생을 성토했다.

"오구현 미도문의 문주 강구민이라 하오. 나는 오늘 이 자리에 남궁세가의 벗이 되기 위해서 왔지 남궁세가의 개가 되기 위해서 온 것은 아니외다."

"방금 전 뒷돈 어쩌구 했던 발언은 무엇이오? 해명하셔야 할 것 같소!"

"아무리 남궁세가의 원로라고 해도 이건 아니지 않소! 첩을 돈으로 사 온다니!"

"멀쩡한 세가를 마교의 첩자로 몰아서 몰살시켰다는 것은 또 뭐요?"

"무림맹의 채용 비리라니! 원로께서 무림맹 간부로 재직하고 있으셨을 때의 일이오? 대체 뭐요?"

"어험! 다른 것은 몰라도 장보도 사건에 대해서는 내 꼭 짚고 넘어가야겠소이다!"

군중들이 두 부류로 갈렸다.

하나는 삽혈맹세를 통해 남궁세가의 산하로 들어가기 위해 이 자리에 모였던 이들이다.

그들은 하나같이 분노한 표정으로 남궁팽생을 향해 목소리를 높인다.

다른 하나는 그들을 막지도, 내버려 두지도 못한 채 엉거주춤 서 있는 남궁세가의 무인들이었다.

결국 모든 이들의 시선은 남궁팽생을 향한다.

바로 그 시점에서.

퍼ー억!

남궁팽생의 허리가 ㄱ자로 꺾였다.

"꺼억!?"

마른기침을 토해 내는 남궁팽생의 뒤로 추이가 검은 곤을 드리웠다.

"이래서 강족의 독이 무섭지."

바닥을 기어 다니며 기침을 하는 남궁팽생을 보며 추이는 작게 중얼거렸다.

강족의 독은 인간의 눈, 귀, 코를 마비시키되 입만은 마비시키지 않는다.

그것은 독에 중독되어 보지도, 듣지도, 맡지도 못하게 된 인간이 누군가의 보살핌마저 받지 못하게 하기 위함.

"만악(萬惡)의 근원은 혀끝이라……."

눈, 귀, 코가 망가진 인간은 단 하나 남아 있는 혀로 자신의 괴로움과 불만들을 끊임없이 토로한다.

이것이 계속되다 보면 주변 사람들은 지쳐서 그를 외면하게 된다.

결국 입속의 혀를 살려 놓은 것은 중독된 자를 최종적으로 고립시켜 진정한 의미의 죽음으로 몰아넣기 위함이다.

그리고 이 독이 창귀들의 간교한 속삭임과 더해진다면 놀랄 만한 부가 효과를 내게 된다.

바로 지금의 남궁팽생이 처한 상황처럼 말이다.

"오, 오해요! 내, 내, 내가 무슨 말을 했다는 거야! 나는 그저……!"

남궁팽생은 손을 허우적거리며 변명을 늘어놓으려 했다.

하지만 추이가 그것을 기다려 줄 리가 없었다.

육각기둥의 형태를 한 긴 흑곤이 묵직한 바람을 일으킨다.

부웅— 쩍!

도끼로 장작을 팼을 때나 날 법한 소리.

그것이 남궁팽생의 허리에서 터져 나왔다.

"끄학!?"

남궁팽생은 칼을 놓쳐 버렸다.

허리를 맞을 때 곤 끝에 팔꿈치를 스쳤는데 아마도 팔뼈 전체가 부러진 것 같았다.

"끄으으으으……."

절정에 이른 고수가 벌레처럼 바닥을 기어 다닌다.

추이는 그 위로 사신처럼 그림자를 드리우고 있었다.

푸욱!

곤이 제단 바닥에 꽂혔다.

추이는 곤을 놓고는 바닥에 떨어진 송곳과 망치를 집어 들었다.

…터억!

피로 물든 손아귀가 남궁팽생의 머리채를 휘어잡는다.

덜덜 떨리는 남궁팽생의 얼굴을 향해, 추이는 망치를 들었다.

"사, 살려 다오."

"안 돼."

구걸과 거절이 오가는 시간은 짧았다.

떠−걱!

망치가 남궁팽생의 턱을 후려갈겼다.

아래턱이 박살 나며 아랫 이빨들이 모조리 입 밖으로 흩어졌다.

"으어어어어어……."

남궁팽생이 몸을 웅크린다.

추이는 핏물과 이빨들을 발로 쓸어 제단 밑으로 털어 버렸다.

"내 의형의 이빨을 부러트렸다지?"

"……?"

남궁팽생이 무슨 소리냐는 듯 고개를 든다.

추이는 무심한 표정으로 송곳을 들어 올렸다.

"내 의형의 가슴팍을 칼로 도려내기도 했고?"

"으어어어…… 무, 무슨 소리야…… 그런 적 없어!"

"그런 적 있어. 기억은 잘 안 나겠지만."

추이는 송곳을 들어 남궁팽생의 가슴팍을 연거푸 쑤셨다.

남궁팽생은 가슴을 움켜쥔 채 바닥을 구른다.

추이는 그 앞으로 걸어가며 송곳을 망치로 바꿔 쥐었다.

"내 의형이 그러는데, 너한테 볼기짝 한 짝을 잘리기도 했다는군."

"네, 네 의형이 누군데! 나는 그런 놈 몰라!"

"몰라도 돼. 이번 삶에는."

추이는 망치로 남궁팽생의 엉덩이를 내리찍었다.

꼬리뼈가 와작 소리를 내며 부러졌고 그 밑에 있는 좌골까지 왕창 주저앉는다.

"……! ……! ……!"

상상을 초월하는 격통.

남궁팽생은 소금에 닿은 지렁이처럼 몸을 비비 꼬기 시작했다.

이제부터는 비무나 대결의 성질을 지닌 것이 아니었다.

그저 고문.

잔혹한 복수만이 남았을 뿐이다.

남궁세가의 무사들 몇이 칼을 뽑아 들고 제단으로 뛰어올라왔으나.

"더 이상 가까이 오면 이놈을 바로 죽이겠다. 이래 봬도 인질이야."

돌아보지도 않고 말하는 추이의 목소리에 남궁세가의 무사들은 이러지도 저러지도 못하고 있었다.

이윽고.

추이는 남궁팽생을 제단 맨 끝으로 걷어찼다.

피를 흘리며 끅끅대는 남궁팽생.

그는 어린아이처럼 눈물을 흘리고 있었다.

"제발……그……만…… 잘못…… 했……."

추이는 그저 무심한 표정으로 그런 남궁팽생을 내려다본다.

'이놈이 살생부에 적힌 마지막 이름이었지.'

눈을 감으면 아직도 호예양이 읊던 시조가 귓가에 선하다.

역수(易水)의 강물과 숯을 삼킨 복수귀의 탁한 목소리가 한데 섞여 휘몰아치던, 그날의 기억이.

此地別燕丹.
—이 땅에서 연단(燕丹)과 이별하여.
壯士髮衝冠.

-장사의 성난 머리털이 갓관을 뚫었다.
昔時人已沒.
-그 시절의 사람들은 이미 가고 없지만.
今日水猶寒.
-지금도 이 강물 여전히 서늘하도다.

추이는 눈을 떴다.
그리고 지금은 가고 없는 의형의 유지를 이어, 살생부에 적힌 마지막 이름에 마침표를 찍었다.
…퍽!
곤으로 남궁팽생의 대가리를 깨 놓았다는 뜻이다.

조말지맹(曹沫之盟)

"……"

장내에 얼음장 같은 침묵이 깔린다.

남궁세가에 불만을 제기하던 이들도, 그런 불만을 다독이려 하던 남궁세가의 무인들도, 모두 할 말을 잃어버린 채 멍하니 섰다.

남궁팽생이 죽었다.

남궁세가의 안마당, 본진 가장 깊숙한 곳에서 원로가 살해당했다.

그것도 남궁세가가 주최하던 대연회 도중에.

"……"

이 사상 초유의 사태 앞에 그 누구도 적절한 할 말과 행동을 찾지 못하고 있었다.

그 와중에 추이는 제 할 일을 묵묵히 수행했다.

…퍽!

남궁팽생의 시체가 하늘을 날아 대연회장 중앙의 탁상 위
로 뒹굴었다.

음식과 식기가 사방으로 튀며 근처에 있던 시비들이 놀라
나자빠졌다.

챙! 채앵! 스르릉……

그제야 칼들이 뽑혀 나왔다.

남궁세가의 무인들은 잘 훈련받은 군견 떼와 같이 제단을
포위했다.

"……절정고수다."

"신중에 신중을 기하라."

"북궁원로님을 단신으로 때려죽일 정도의 강자야."

이제야 본격적으로 천망(天網)이 펼쳐졌다.

본진 깊숙한 곳까지 침투해 와 난장판을 벌여 놓은 흉수를
그냥 보낼 수는 없는 일.

그때, 칼의 바다를 양쪽으로 가르는 이가 있었다.

남궁파.

이마에 구슬땀이 흐르고 단정하게 빗어넘겼던 머리는 산
발이 되었다.

그는 여전히 딸을 등에 업고 있었다.

"......."

연회장 중앙에 도착하자마자 남궁팽생의 시체를 본 남궁파는 침음을 삼켰다.

이윽고, 그는 무거운 목소리로 말했다.

"약속을 지켜라, 삼칭황천."

"......."

추이는 남궁파의 말이 무슨 뜻인지 바로 알아들었다.

아직 반 시진이 지나지 않았는지라 남궁율은 여전히 중독 상태다.

남궁파는 의원을 찾아서 도무지 그녀의 상태를 어찌할 바가 없다는 소리를 듣고 다시 이 자리로 돌아왔을 것이다.

하지만 시간이 지나면 독 문제는 자연스럽게 해소되는 것.

추이는 본디 거짓을 고하는 일이 별로 없지만, 목숨이 걸려 있는 상황인지라 이 상황을 조금 더 끌어 보기로 했다.

스윽―

추이는 제단에 굴러다니던 병을 다시 들어 올렸다.

"이게 해독제다."

"헛소리. 그건 독이잖나."

"복용량만 지키면 약이다. 바늘로 찍어서 혓바닥에 묻혀야 할 만큼 소량이야."

추이의 말에 남궁파가 입술을 깨물었다.

저 말을 믿을 수도, 믿지 않을 수도 없다.

다만 딸의 목숨이 달린 일이라 망설일 뿐이다.

추이는 병을 흔들어 보였다.

병은 완전히 비어 있었지만 그것은 추이만이 아는 사실.

추이는 병의 마개를 헐겁게 풀어 보였다.

"약이 조금밖에 남지 않았다."

"그래. 알겠으니까 빨리 넘겨라. 그러면 목숨은 보전해 주마."

"마개가 헐거우니까 빨리 건지지 않으면 다 흩어질 거야."

"……?"

추이를 향해 손을 내밀던 남궁파가 의아한 표정을 짓는다.

바로 그 순간.

…팍!

추이가 유리병을 던졌다.

그것은 연회장 옆에 마련되어 있는 큼지막한 인공연못으로 떨어져 내렸다.

풍덩!

병이 연못 중앙에 잠겨 버렸다.

남궁파가 저도 모르게 소리쳤다.

"거, 건져라!"

남궁세가의 무인들이 헐레벌떡 연못을 향해 달려간다.

바로 그 빈틈을 타, 추이가 제단에서 뛰어내렸다.

…퍼펑!

칼을 뽑아드는 몇몇 무인들의 얼굴을 밟고, 추이는 순식간에 장원을 가로질러 담벼락을 뛰어넘었다.

추이는 경공에 자신이 있는 편이었다.

창귀들이 땅과 허공에서 두 손을 맞들어 받치고 있으면 그것을 밟고 뛰어오르기만 하면 된다.

아마 그것을 다른 무림인들이 보았다면 경공의 초절정에 이르른 절대고수들만이 보일 수 있는 초상비(草上飛), 답설무흔(踏雪無痕), 허공답보(虛空踏步)의 경지로 착각할 만한 수준이었다.

…퍼퍼퍼퍼펑!

남궁세가의 몇몇 원로들이 휘두르는 검을 추이는 유령처럼 피해 냈고 그들의 몸을 잔상이 빚어내는 붉은 바람으로 휘감아 버렸다.

"초, 초절정의 고수다!"

"세상에 이런 경공이 있단 말인가!"

"남궁세가의 원로들도 쩔쩔매고 있소!"

"내 눈을 믿을 수가 없군. 삼칭황천이 저 정도였던가……!"

남궁세가 소속이 아닌 다른 무인들은 그저 입을 딱 벌린 채 경탄할 뿐이다.

하지만 그들 역시 결국 남궁의 이름하에 자유로울 수 없는 처지기에, 칼을 뽑아 들기는 해야 했다.

　이제 비로소 추이는 완전히 쫓기는 신세가 되었다.

　장원 안이 온통 도산검림이 되었다.

　검의 꽃이 피고 도의 대나무가 선 장원 안을 추이는 나비처럼 훨훨 날아다닌다.

　온몸의 잔상처들이 점점 늘어나고 있었으나 추이는 개의치 않았다.

　이대로라면 큰 상처 없이, 내력을 다 소진하기 전에 남궁세가의 높은 담벼락을 넘을 수 있다.

　남궁파를 비롯한 고위직들이 모두 해독제를 찾기 위해 연못으로 달려간 것이 컸다.

　추이는 성공을 직감하며 마지막 담벼락을 향해 몸을 날렸다.

　……바로 그 순간.

　"!"

　추이는 목이 잘려 죽었다.

　정확히는, 자신이 목이 잘려 죽는 환상을 보았다.

　담벼락을 넘기 직전 등 뒤로 날아든 참격 한 줄기가 추이의 목을 베어 버렸다.

　그 또렷한 환상에 추이는 곧바로 뒤로 물러섰다.

　……등 뒤의 칼은 없었다.

　……검격도 날아들지 않았다.

다만.

"홀홀홀— 감이 좋은 아해로고."

수수한 흑색의 도포를 걸친 한 명의 노인이 털레털레 걸어오고 있을 뿐이다.

수염이 무릎까지 닿을 정도로 긴 것을 제외하면 너무나도 평범하게 생긴 노인.

하지만 그를 앞에 둔 추이의 표정은 딱딱하게 굳는다.

검왕(劍王) 남궁천.

전 세대의 남궁가주.

살아 있는 구무협(舊武俠)의 전설.

한때 무림맹주까지 역임했던 정도십오주의 정점들 중 하나가 추이를 마주 보고 서 있는 것이다.

추이는 자신의 목을 한번 쓸어 보았다.

식은땀이 흐르고 있을 뿐, 목은 멀쩡하게 붙어 있다.

그럼 방금 전 자신이 본 것은 무엇인가?

'한 발자국만 더 내디뎠다면 진짜로 목이 잘렸겠지.'

남궁천은 찰나의 순간 응축된 살기를 뿜어내 날려 보냈고 그것이 추이의 생존본능을 자극해 발을 멈추게끔 만들었다.

심검(心劍).

절대의 경지에 접어든 고수들만이 가능하다는 신기였다.

한편, 남궁천은 여전히 한가해 보이는 태도를 취하고 있었다.

뒷짐을 진 뒷방 늙은이처럼, 그는 느른하게 물었다.

"안 가누?"

"당신이 살을 날려 보냈지 않나."

"허허─ 어떻게 알았어 그건? 그 경지에서는 잘 안 보이는 건데."

추이의 대답에 남궁천은 어린아이처럼 손뼉까지 치며 웃었다.

추이 역시도 반문했다.

"안 가나?"

저 뒤에 누워 있는 남궁율을 보며 하는 말이다.

호위무사 몇몇이 지키고 있는 가운데, 남궁율은 식은땀을 흘리며 간이 침상에 누워 있다.

그러자.

남궁천은 훌쩍 뛰어 남궁율의 옆으로 내려앉았다.

그러더니.

ㅊㅊㅊㅊㅊㅊ……

남궁율의 장심으로 내력을 흘려 넣었다.

"커헉!?"

남궁율이 피를 토했다.

추이의 피가 섞여 있는 토혈이었다.

남궁율은 편한 표정을 지은 채 기절했다.

남궁천은 곧바로 다시 추이의 앞으로 날아들었다.

"……."

추이는 할 말이 없어 입을 다물었다.

남궁천은 처음부터 남궁율을 해독할 수 있었다.

자신의 완전무결하고도 절대적인 내력으로 추이의 내력을 태워 버리는 것이 가능했던 것이다.

그것을 지켜보고 있던 수많은 인사들이 당혹감에 휩싸였다.

추이 역시도 마찬가지였다.

"홀홀홀-"

남궁천은 처음부터 추이의 모든 수를 무력화시킬 수 있었음에도 불구하고 지금까지 나서지 않았다.

그렇다는 것은 자신에게서 무언가를 원하고 있다는 뜻.

추이는 짧게 말했다.

"죽일 생각이었으면 바로 죽였겠지. 뭔가 달리 원하는 게 있으니 이러고 있는 것이고."

아까 전에 남궁천이 한 말과 비슷하다.

남궁천 역시도 아까 전에 추이가 한 말과 비슷한 말을 했다.

"똑똑하군, 젊은이."

"고맙군, 늙은이."

대화가 나누어지는 동안 남궁파를 비롯한 남궁세가의 무인들이 추이를 다시 한번 포위했다.

추이는 미간을 찡그렸다.

잔상처들을 각오하고 오로지 도주에만 집중한다면 여기의 그 누구도 따돌릴 수 있을 것이라 생각했다.

하지만 그것은 남궁천이라는 변수를 제외했을 때였다.

추이가 기억하던 과거에서, 남궁천은 진작 현역에서 은퇴해 은거한 인물이었기 때문이다.

그때, 남궁파가 외쳤다.

"악적을 잡아라! 산 채로 포박해서 내 앞으로 데려와라!"

남궁세가의 무인들이 칼을 든 채 앞으로 달려 나간다.

바로 그때.

"섯거라!"

남궁천이 버럭 소리 질렀다.

아까까지 짓고 있었던 재미있어 죽겠다는 표정이 싹 사라졌다.

무표정한 얼굴의 남궁천은 뭐랄까, 인간이 아닌 것만 같은 위압감을 뿜어내고 있었다.

한 마리 큰 호랑이와 같았던 남궁파 역시도 아비의 기세에 눈치를 본다.

"아, 아버님. 어쩐 일로……."

"누가 내 흥을 깨랬나? 너희들은 저 아해를 놓쳤고, 잡은 것은 나야. 숟가락 얹으려 들지 마라."

"아버님! 율아를 중독시키고 북궁원로를 살해한 악적입니다!"

"그게 뭐? 율아는 해독되었고, 북궁원로는 평소 네 눈엣가시였지 않누?"

"아버님!"

남궁파가 소리를 지르자 남궁천은 귀를 후비며 인상을 썼다.

"율아를 넘겨주면 저 녀석을 무사히 보내 주겠다고 아까 약조하지 않았던가?"

"그것은 협박당해서……."

"그 옛날, 조말지맹(曹沫之盟)의 고사를 상기하려무나. 제의 환공(桓公)이 너보다 멍청해서 그리했던 것이 아니다. 또한, 결과적으로 너는 손 한 번 안 쓰고 정적을 제거한 셈 아니냐. 너는 오히려 저 삼칭황천이라는 아해에게 고마워해야 해."

"아니 그게 무슨 말씀이십니까 아버님! 쫌!"

남궁파는 아비의 말에 의표를 찔린 듯한 표정을 지었지만 남궁천은 별다른 신경을 쓰지 않았다.

"아무튼 간에, 내 여흥을 방해하지 말아라. 지금 근 이십 년, 아니 삼십 년 만에 제일 재미있는 순간이란 말이다. 효도해야지, 아들?"

남궁천이 핀잔을 먹이는 것은 남궁파뿐만이 아니었다.

그는 추이에게도 너털웃음을 지으며 말했다.

"이곳 남궁세가 안에서는 내 말이 곧 법도라네 친구. 하물며 황제 폐하께서도 나의 의견을 우선 존중해 주시지."

"……."

"자, 그럼 법도 하나를 새롭게 제정해 볼까?"

남궁천은 손가락으로 수염을 쓸며 무언가를 생각했다.

그리고 검지를 곧게 펴며 말을 이었다.

"내 허락 없이는 남궁세가의 장원에서 퇴청 불가."

추이는 시선을 흘끗 돌렸다.

뒤는 복잡한 시가지.

안쪽으로 깊이 파고들면 위아래로 높이가 들쭉날쭉한 빈민촌이 나온다.

그곳으로 파고든다면 도주 성공 확률은 약 삼 할.

추이는 여차하면 도박수를 띄울 생각으로 물었다.

"어떻게 하면 퇴청을 허락해 줄 텐가?"

"허허허―"

남궁천은 오른손을 들어 다섯 개의 손가락을 쫙 펼쳐 보였다.

"다섯 수를 양보하마."

그 말에 남궁파를 비롯한 군중들은 충격을 받았다.

천하의 검왕이 까마득한 말학을 상대하는데 '수를 양보한다'는 표현을 쓰다니.

그것도 고작 다섯 수밖에 양보하지 않는단다.

그것은 눈앞에 있는 삼청황천이라는 자의 무리를 엄청나

게 높게 쳐주고 있다는 뜻이다.

남궁천은 뜻모를 미소로 빙글빙글 웃으며 말을 이었다.

"칼은 안 뽑도록 하지. 피하기만 할 테니 마음껏 날뛰어 보련?"

한마디로, 모든 힘을 끌어내 보이라는 소리다.

거절할 이유가 없는 제안이었기에, 추이는 곤을 고쳐 잡고 자세를 바꿨다.

체중과 곤의 무게가 오로지 앞발에만 쏠리는 자세.

무거운 일격을 견인하는 준비 자세이다.

쿠—우우우우우우우!

추이가 딛고 있는 바닥의 진흙이 부글부글 끓어오르는가 싶더니 이내 딱딱하게 굳고, 더 나아가 도자기처럼 반들반들 구워진다.

수많은 창귀들을 비틀어 짜 모은 내력이 추이의 전신을 타 올라 흑곤의 끝에 집중되고 있었다.

츠츠츠츠츠츠츠츠츠……

이윽고, 추이의 체중과 흑곤의 무게가 앞발에서 뒷발로 옮겨 갔다.

곤이 일직선으로 쏘아져 나간다.

콰—앙! 우지지지지지지직!

추이가 내디딘 진각에 주변의 담장이 허물어져 내렸다.

동시에 정면을 향해 무시무시한 기운이 폭사된다.

마치 거대한 화살처럼 날아드는 검붉은 창루, 아니 곤루(棍淚).

그것은 주변에 있는 모든 것들을 죄다 끌어당겼고 이내 찢어발긴다.

그와 동시에.

"하—앗!"

남궁천이 검을 뽑아 들었다.

뎅겅—

지척까지 왔던 곤의 기세가 단숨에 잘려 나간다.

대각선으로 베인 추이의 참격은 저 멀리 있던 누각 하나와 호수 위를 가로지르던 다리 하나를 완전히 파괴해 버렸다.

…콰콰콰콰쾅! …우르릉!

주변의 지형지물이 완전히 뒤바뀐 형상을 취한다.

무너진 누각의 위로 버섯 모양의 거대한 흙구름이 피어올랐고 파괴된 다리를 집어삼킨 호숫물이 죄다 밖으로 범람했다.

그 경천동지의 광경을 눈앞에 두고 군중들은 완전히 넋을 잃어버렸다.

한편, 추이는 검을 빼 든 남궁천을 향해 눈살을 찌푸리고 있었다.

"칼."

"으응?"

"안 뽑는다며."

"아차!"

추이의 지적에 남궁천이 진짜로 당황했다.

그는 칼과 추이를 번갈아 보며 허둥거리다가 슬쩍 칼을 칼집에 꽂고는 딴청을 피웠다.

"아니, 이 나이쯤 되면 말이야. 칼이 손보다 편해. 저절로 막 움직여. 그리고 자기가 한 말도 금방 까먹어. 진짜야. 자네도 내 나이 돼 보면 알게 될 거야. 그리고 요즘 치매끼가 자꾸 올락…… 말락…… 뭐, 그런 것도 같고……."

약속을 어겼다는 소리를 들으니 차라리 치매 노인이라는 말을 듣는 게 나은가 보다.

이윽고, 남궁천은 웃는 낯으로 말을 이었다.

"어차피 자네도 첫 수는 간 보는 용도 아니었나. 남은 네 수는 정말로 칼 없이 받아 보도록 하지."

"……."

남궁천의 말에 추이는 다시 한번 자세를 고쳐 잡았다.

앞으로 남았다는 네 수.

그것이 네 수(四手)가 될지, 아니면 죽을 수(死手)가 될지는 아직 모르는 일이다.

-第二手-

추이는 곤을 단단히 쥐었다.

눈앞에 있는 적은 망치나 송곳, 마름쇠 같은 잡기가 통하지 않는 강대한 벽.

곤 하나에만 온 힘을 집중해야만 뚫을 수 있을 것이다.

ㅊㅊㅊㅊㅊㅊ……

추이는 창귀들의 힘을 끌어올렸다.

추이는 굴각 십 층계의 문턱을 넘어 이올의 계단 일 층계에 진입했고 한층 더 심후한 내력을 동원할 수 있게 된 바 있었다.

"……!"

추이가 끌어올리는 내력을 감지한 남궁천의 두 눈이 커진다.

콰—콰쾅!

추이의 곤이 작살처럼 쏘아져 나간다.

대기에 몇 겹이나 되는 구멍이 뚫린다.

주변으로 엄청난 양의 흙먼지가 일어나 풀과 관목들을 모두 송두리째 뽑아 날려 버렸다.

추이의 공격을 눈앞에 둔 남궁천은 탄식했다.

"이런 게 날아올 줄 알았으면 그냥 양보를 하지 말 것을 그랬군. 아니면 칼이라도 쓸 것을……."

그의 혼잣말이 끝나기도 전에, 추이의 곤이 남궁천의 몸에 내리꽂혔다.

시커먼 궤적이 복부로 틀어박히기 직전, 남궁천의 눈이 파랗게 빛났다.

빙글- 쉬리리릭!

남궁천은 몸을 팽이처럼 회전시켰고 팔을 최대한 비틀어 곤이 자신의 몸을 스치고 흘러가게끔 만들었다.

동시에, 그는 이화접목의 묘리가 반영된 금나수법으로 추이의 곤을 맞받았다.

삐직- 쉬이이이익!

남궁천의 손아귀에서 연기가 난다.

동시에 긴 도포의 옷소매가 곤에 말려들며 요란한 마찰음을 냈다.

…뿌지지지직!

도포자락이 찢어지는 소리와 함께 곤의 궤도가 비틀린다.

퍼-펑!

추이의 곤은 허공을 가르며 아무것도 없는 위로 치솟아 올랐다.

기분 탓인지, 하늘에 있던 구름들이 좌우로 쩍 갈라져 있었다.

"……."

추이는 아무런 수확도 없이 곤을 거둬들였다.

남궁천의 손바닥에서는 물을 펄펄 끓이는 것 같은 수증기가 피어오르고 있었으나 정작 피 한 방울 보이지 않았다.

화르르륵!

쇠와 살의 마찰에 의해 발생한 열이 남궁천의 도포 자락과 옷소매를 활활 불태우고 있었다.

"후욱—"

남궁천은 입김을 불어 옷소매에 붙은 불길을 꺼트렸다.

사람의 키보다도 훨씬 더 높게 피어오른 불이었으나 노인의 심호흡 한 번에 사라져 연기만이 자욱하다.

"이제 세 수 남았다."

남궁천의 목소리에는 여전히 여유가 있었다.

추이 역시도 태연한 표정으로 곤을 고쳐 쥐었다.

세 번째 수가 장전되고 있었다.

…우드득!

추이는 온몸의 근육을 한계까지 꼬았고 그것을 단번에 풀어내어 그 힘을 곤 끝에 집중했다.

곤의 뿌리 쪽에서부터 타올라오는 창귀들의 기운이 시뻘겋게 뻗어 나온다.

그것은 마치 괴물의 눈알처럼, 곤 끝에 응집한 채로 피눈물을 뚝뚝 떨어트리고 있었다.

추이는 곤을 머리 위로 한번 휘둘러 반원의 형태를 그렸다.

그리고 반월이 한쪽 꼭짓점에서 시작해 다른 쪽 꼭짓점에서 끝나는 순간, 허공에 그려졌던 핏빛의 호는 정면을 향한

직선으로 변했다.

…콰앙!

추이가 체중을 실어 디딘 땅이 움푹 패이며 무수한 균열이 생겨났다.

"쯧!"

이번에는 남궁천 역시도 미간을 찡그리며 혀를 찼다.

추이의 기세가 아까보다 한층 더 사납고 이질적으로 변했기 때문이다.

전에는 포경선에 탄 어부가 고래를 향해 던지는 작살 같았다면, 이제는 전속력으로 달려온 충차(衝車)가 성문을 향해 부딪쳐 드는 모양새였다.

부우우우웅!

흑색과 적색이 소용돌이치며, 검붉게 뒤섞인 궤적이 남궁천의 몸통 정중앙을 향한다.

-第三手-

남궁천은 입을 꾹 다물고 손목을 들어 올렸다.

"……."

이윽고, 추이의 곤 끝과 남궁천의 손목이 한 곳에서 마주친다.

까-앙!

쇠붙이와 사람의 뼈가 만났는데 병장기끼리 부딪치는 소리가 났다.

추이는 하마터면 곤을 놓칠 뻔했다.

지이이이잉……

곤을 타고 전해져 오는 무시무시한 반동.

마치 쇠로 만들어진 산을 때린 것 같은 느낌이다.

뿌지지지지지지지직! 퍼퍼퍼퍼펑!

내력 싸움의 반동으로 인해 손아귀 가죽이 죄다 찢어졌고 더 나아가 손목과 팔뚝의 근육들까지 모조리 터져 나갔다.

추이의 두 팔은 양 어깨까지 새빨간 피로 물들게 되었다.

한편, 남궁천은 여전히 태연했다.

"시큰하구만. 앞으로 비 오는 날에는 힘들겠어."

그는 추이의 곤을 막아 냈던 오른쪽 손목을 왼손으로 주물거리며 말했다.

"군(軍)에 몸담고 있었던 모양이지?"

아무렇지도 않게 묻는 과거사.

하지만 그의 짐작은 무섭도록 예리한 것이었다.

"곤, 아니 창은 오랑캐와의 전장에서 배워 왔나? 방금의 독룡출동(毒龍出洞) 초식은 기본에서 많이 변형된 것 같고. 창술의 딱 기본만, 극한까지 연마한 모양새로군. 완전히 실전형이야. 근데 이건 자네 나이대에는 불가능한 경지인데……."

추이는 남궁천의 질문에 대답하지 않았다.

남궁천 역시도 그저 혼잣말을 한 것일 뿐, 딱히 추이의 대답을 기대하는 것은 아니었다.

남궁천은 추이의 자세를 눈으로 읽으며 계속해서 말을 이었다.

"아까부터 봉(封), 폐(閉), 착(捉), 나(拏), 상란(上攔), 하란(下攔)의 여섯 기법만 쓰는군. 이상해. 군부의 창술이기는 하나 장교의 것이 아닌 말단병사의 그것이야. 장군가의 자제는 아닌 것 같다는 말이지. 아니면, 아직도 힘을 숨기고 있나? 으응?"

남궁천은 계속해서 추이를 관찰하고 있었다.

추이가 남궁팽생과 싸울 때부터 지금까지, 단 한 번도 눈을 떼지 않고 말이다.

'끈적한 늙은이로군.'

추이는 호기심과 궁금함으로 반짝거리는 남궁천의 시선을 또다시 외면했다.

"이제 두 수가 남았군 그래. 아, 맨 첫 수는 물러 줄까? 내가 반칙을 했으니까."

"……필요 없다."

이윽고, 추이는 네 번째 수를 두었다.

붕붕붕붕붕붕붕붕붕붕─

곤을 돌리자 흑색의 회오리가 몰아친다.

쿠오오오오오오오오오오……

폭력적인 바람이 지면을 깎아 내고는 그 파편들을 회오리에 휘감아 두르고 있었다.

이윽고, 추이는 곤을 꽉 움켜쥔 채 가로로 휘둘렀다.

마치 방망이를 내질러 날아드는 공을 쳐내는 모양새.

후-우우우우욱!

엄청난 풍압이 일며, 회오리의 원심력이 그대로 실려 있는 곤 끝이 남궁천의 허리를 향해 날아들었다.

조양자도, 남궁팽생도 목숨을 잃었던 바로 그 수였다.

"……!"

남궁천이 두 팔을 모두 들어 올려 얼굴과 몸통을 가렸다.

-第四手-

이윽고, 추이의 곤이 남궁천의 두 팔뚝 위를 때렸다.

쩌-억!

벼락이 거대한 대추나무를 쪼개 놓는 듯한 소리가 터져 나왔다.

남궁천이 인상을 쓴 채 뒤로 반걸음 밀려났다.

반면 추이는 뒤로 다섯 발자국을 물러났다.

뿌직! 피식! 줄줄줄줄줄……

곤을 쥔 팔의 근육들은 이제 찢어지고 터져서 넝마에 가까웠다.

남궁천은 양쪽 팔뚝을 슬슬 쓸며 말했다.

"좋은 횡소천군(橫掃千軍)이구나. 뼈가 저릿저릿해."

추이는 고개를 끄덕여 칭찬에 대한 답례를 한다.

한편.

"……."

"……."

"……."

이 둘의 격돌을 지켜보는 관중들은 떡 벌어진 입에 흙먼지가 들어가는 것도 모른 채 넋을 놓고 있었다.

남궁천이 누구인가?

그는 검왕(劍王).

천하제일인에 가장 가깝다고 알려져 있는 정도십오주의 지존들 중 하나이다.

이전 세대의 정점이자 구무협의 상징으로 여태 군림하고 있는 그를 뒤로 반보나 밀어낼 수 있는 젊은이가 존재한다니.

이것은 세간의 상식에는 전혀 부합하지 않는 상황이었다.

……하지만. 정작 이 상황을 만들어 가고 있는 두 주인공은 덤덤하기 그지없다.

"홀홀홀— 이제 한 수가 남았느니라."

"……."

추이는 곤을 잡았다.

다섯 번째 수. 이번이 마지막이다.

ㅊㅊㅊㅊㅊㅊ……

바로 그때쯤 해서, 추이가 예상했던 대로 단전 속에서 변화가 일었다.

'드디어 복속되었군.'

조금 전에 죽인 남궁팽생의 창귀가 비로소 완전히 추이의 명령에 굴종하게 된 것이다.

우─우우우우우우우……

아직 대가리에 피도 안 마른 남궁팽생의 창귀가 흑곤의 자루를 타올랐다.

그것은 조양자의 창귀와 뒤엉켜 무시무시한 모습으로 변해 끔찍한 단말마를 내뱉고 있었다.

뜨거운 피눈물을 흘리며 노역에 가담하게 된 남궁팽생.

그의 원한이 고스란히 추이의 내력이 되어 곤 끝에서 활활 타오른다.

이올(彝兀)의 제일 층계.

그것을 한순간에 확 뛰어넘은 추이는 현재 이올의 제이 층계를 내딛고 있었다.

시뻘건 기운이 전신에서 마구 뿜어져 나온다.

추이는 마치 피 웅덩이에서 방금 막 기어 나온 혈귀와도 같은 형상을 갖추고 있었다.

하지만 이것은 아직 세상에 드러나지 않은 무공이기에 마공이라고 생각하는 이는 없었다.

"……저, 저게 대체 무슨 무공인가?"

"나는 본 적도 없고 들은 적도 없네."

"실로 무시무시하군. 내 생전 저렇게 흉포한 무공은 처음 일세."

"정, 사, 마를 통틀어 저런 무공이 있다는 말은 들어 본 적이 없음이야."

다만, 추이가 뿜어내고 있는 압도적인 이질감과 피 냄새에 본능적인 경계심으로 주춤주춤 물러설 뿐.

이윽고.

퍼—엉!

추이가 도약했다.

남궁팽생의 창귀마저 끌어모은 흑곤이 남궁천을 향해, 지금까지와는 비교조차 할 수 없는 속도와 힘으로 쏘아져 나갔다.

"……! ……! ……!"

남궁천의 표정이 급변했다.

육각형으로 깎여 있는 곤, 뭉툭한 그 끝이 어째서인지 무섭도록 날카로운 창극으로 보인다.

한번 꿰뚫리면 두 번 다시 빠져나올 수 없는 무시무시한 창날.

그것의 끝이 이쪽을 향해 붉게, 거칠게, 폭력적으로 쇄도

하고 있었다.

-第五手-

남궁천은 찰나의 순간, 판단을 내렸다.

그것은 이성에 의한 것이 아니라 무인으로서의 본능에 의한 것이었다.

날아드는 곤을 손바닥으로 막으려 하다가.

스릉―

황급히 두 손을 뒤로 물렸고 곧장 허리춤의 칼을 빼 들었다.

까―앙!

추이의 곤에서 뿜어져 나온 내력과 남궁천의 칼에서 흩뿌려진 내력이 한데 맞붙었다.

콰콰콰콰콰콰콰콰콰쾅!

어마어마한 폭음과 함께, 주변으로 갈가리 찢어진 내력의 파편들이 튄다.

땅이 쪼개졌고 바위에는 구멍이 퍽퍽 뚫렸으며 나무는 불타 버렸다.

모든 관중들이 두 손으로 머리를 감싼 채 엎드리던 바로 그때.

…타탁!

추이가 몸을 뒤로 뺐다.

최후의 일격이 남궁천의 칼에 가로막히는 순간, 내력과 내력이 서로 맞부딪치며 밀어내는 반탄력을 이용해서 바람처럼 내달리기 시작한 것이다.

"어엇!?"

남궁세가의 무인들 몇몇이 막으려 했으나 그들은 추이의 그림자 끝조차도 스칠 수 없었다.

퍼퍼퍼퍼퍼펑!

추이는 군중들이 눈을 한 번 깜빡이는 사이에 현장에서 사라져 버렸다.

붉은 바람과 짙은 피비린내만을 남겨 둔 채로.

상대가 떠나 버리고 난 뒤, 결전 장소에는 남궁천과 군중들만이 남겨졌다.

"……이런."

남궁천은 허탈하다는 듯한 표정으로 자신의 칼을 내려다보았다.

곤과 부딪친 칼은 반으로 동강 났다.

절단면은 마치 용광로에 담갔다가 뺀 듯 끈적하게 녹아내리고 있었다.

남궁파가 황급히 남궁천의 옆으로 뛰어왔다.

"아버님, 잡을까요!?"

"냅둬라."

남궁천은 칼을 버리고는 고개를 저었다.

"저 녀석. 애초부터 싸울 생각이 없었다. 마지막 수로 도망칠 심산이었던 게야."

"지금 바로 추격하면 잡을 수 있습니다."

"잡으면?"

"예?"

"잡으면 뭘 어떻게 하려고?"

"그야…….'"

남궁파가 우물쭈물하자 남궁천이 혀를 쯧쯧 찼다.

그는 자신의 검을 물끄러미 내려다보고 있었다.

"잡아 온다고 해도 내가 그 녀석을 볼 면목이 없다. 첫 번째는 실수였다고 쳐도, 마지막은 실수가 아니었으니까."

남궁천은 검을 뽑지 않고 다섯 수를 양보한다고 했다.

하지만 그는 첫 수에서 무의식적으로 검을 사용했고, 마지막 수에서는 의식적으로 검을 사용했다.

약속을 두 번이나 어긴 것이다.

남궁파는 물었다.

"아니, 아버님. 그렇다면 마지막에는 왜 칼을 쓰셨습니까? 첫 번째는 정말 무의식적으로 빼셨던 것 같지만…… 마지막에는……?"

그러자 남궁천은 입맛을 다시며 대답했다.

"죽을까 봐."

"……!"

남궁파를 비롯, 알게 모르게 귀를 쫑긋 세우고 있던 관중들을 기절할 듯 놀라게 만든 한마디였다.

"……!"

남궁파는 크게 놀랐다.

자신의 아비가, 천하의 남궁천이 약한 소리를 하는 것을 그는 오늘 처음 보았다.

남궁천은 이름 그대로 하늘과 같았던 정도무림의 지존 아닌가.

한없이 강하고, 또 한없이 광오한 남자. 검왕 남궁천.

아비이기 이전에 한 사람의 무인으로서 존경하고 경외하던 이의 입에서 설마 이런 말이 나올 줄이야.

그것은 관중들 역시도 마찬가지인 듯, 다들 떡 벌어진 입을 다물 줄을 모른다.

하지만 남궁천은 한술 더 떠 이런 말까지 하고 있었다.

"아마 저 녀석이 쓰던 무기가 곤이 아니라 창이었다면, 나는 죽었을 게야."

"……!"

"저놈이 들고 다니던 묵죽곤(墨竹棍)도 아마 곤귀를 죽이고 빼앗은 것이겠지. 그놈은 필시 창에 죽었을 것이고. 흐음-"

남궁천은 수염을 쓰다듬으며 혀를 찼다.

"아무튼. 마지막 수에서 칼을 뽑아 든 것은 실수가 아니었다. 살려면 별수 있나? 체면보다는 목숨이 소중한 게 아니겠느냐."

"……믿, 믿을 수가 없군요. 도무지."

"나도 그래. 솔직히 여태 믿어지지가 않는다. 가능하면 그놈의 마지막 공격을 맨손으로 막는 것에 다시 한번 도전해보고 싶은데…… 말을 꺼내기도 전에 줄행랑 쳐 버렸으니 이제는 뭘 더 어찌할 수가 없구만. 에잉- 괜히 양보니 뭐니 해 가지고는!"

남궁천이 분하다는 듯 투덜거린다.

아비의 이런 모습을 보는 것도 처음인지라, 남궁파는 아까부터 작금의 상황이 낯설기만 했다.

한편, 주변에 아무도 없는 듯 행동하던 남궁천은 그제야 고개를 들어 군중들을 바라본다.

"홀홀홀. 오늘 완전 체면 구기는 날이구먼. 한 입으로 두 말, 세 말을 하게 되지를 않나. 젊은 놈에게 연신 얻어맞지를 않나. 이거 이 남궁의 늙은이가 안휘의 영웅동도들을 마주보기에 영 부끄럽소. 들 낯이 없어."

그러자 남궁천의 주위로 몰려든 군중들이 화들짝 놀라 고개를 숙인다.

마주 보기 부끄럽다고 말하는 것은 정중한 축객령을 뜻한다.

하기야, 대연회는 이미 쑥대밭으로 변했고 삽혈맹세는 무효가 되었으니 여기 모인 군중들로서는 더 이상 여기에 있을 이유가 없다.

남궁파가 군중들을 향해 포권을 취해 보였다.

"남궁은 여기에서 이만 모든 일을 정리하려 하오. 오늘의 사달은 필히 본가에서 보상을 해 드리겠소이다. 죄송한 말씀이지만, 여기 모인 영웅동도분들의 양해를 구하외다."

잔치는 끝났다.

누가 여기다 토를 달겠는가.

그럴 배짱도, 그럴 이유도 없다.

무너진 담벼락과 초토화된 장원에서 사람들이 빠져나간다.

군중들은 집을 찾아가는 오리 떼처럼 뿔뿔뿔 흩어져 원래 있던 곳으로 되돌아갔다.

뒷정리를 위해 분주하게 돌아다니는 하인들 너머로 어느덧 새벽 해가 떠오르고 있었다.

　

부자(父子)가 세가로 돌아왔다.

남궁천은 손목과 팔뚝을 계속 주물거리고 있었다.

누가 대신 주물러 주겠다고 하면 신경질을 내는 통에 아무도 근처에 다가오지 못했다.

남궁파는 그런 남궁천의 옆에서 계속 중얼거렸다.

"삼칭황천이라. 저렇게 이상한 고수는 처음 봅니다. 사문도, 소속도, 나이도, 얼굴도 밝혀지지 않았다라…… 대체 누굴까요?"

그 말에 남궁천 역시도 고개를 끄덕였다.

"싸우는 방식은 잡배(雜輩). 창술은 삼류(三流). 무공은 절정(絕頂). 경공은 초절정(超絕頂). 심계는 화경(化境). 도무지 알 수 없는 친구더구나."

"저런 자를 살려 보냈으니 완전히 망했습니다. 남궁의 체면이 땅에 떨어졌군요."

"솔직히 너는 좋잖아."

"예? 제가 왜 좋습니까?"

"팽생이가 대가리 깨져 죽었지 않으냐. 회의가 열릴 때마다 원로회 대표랍시고 사사건건 가주 앞길에 딴죽을 걸어 댔으니 그동안 얼마나 눈엣가시였을꼬? 아비가 쓰던 노신이라서 어찌할 수도 없었겠고."

"아니 아버님! 그 무슨 말씀을……!"

"항상 상황을 유리하게 해석하거라. 팽생이가 죽었으니 녀석이 꿍쳐 두었던 검은 돈들은 다 네게 귀속될 것이다. 가주 직속으로 쓸 수 있는 재정이 한층 풍족해질 테니 얼마나 좋으냐?"

"……"

남궁파는 입을 다물었다.

남궁천은 무표정한 얼굴로 말을 이었다.

"옛날에 조조가 군량 담당자인 왕후를 처형한 고사가 있다. 왜 그랬는지 알겠지?"

"삼국연의를 말씀하심이군요. 조조군의 군량이 모자라서 병사들에게 줄 배급이 적어졌고, 병사들이 불만을 제기하자 군량 담당자에게 누명을 씌워 처형시킨 것으로 알고 있습니다. 배급을 횡령한 군량 담당자를 처형했으니 이제는 걱정 말라는 식으로 사기를 진작시키기 위해…… 아!"

아비의 질문에 대답하던 남궁파가 고개를 끄덕였다.

남궁천이 말했다.

"팽생이가 횡령을 하거나 뒷돈을 받는 등 악행을 일삼았던 것은 사실이다. 전수조사를 면밀히 하고, 이로 인한 피해들을 모두 구제하거라. 이참에 본가에서 허술하게 했던 모든 실수들을 다 팽생이의 잘못으로 덮어씌우면 되겠구나. 그러면 오늘 손상된 체면 이상으로 남궁의 위상이 더더욱 바로 설 것이야."

조조가 왕후를 욕받이로 사용하여 자신의 입지를 더더욱 굳건히 했듯, 남궁파 역시도 남궁팽생을 그렇게 이용할 수 있을 것이다.

꼬리 자르기.

어차피 벌어진 일은 최대한 유리하게 해석하고, 위기가 있다면 그것을 기회로 바꾼다.

과연 무림에서 산전수전 다 겪어 본 노강호다운 해결책이었다.

감탄하는 아들에게 남궁천은 껄껄 웃어 보였다.

"이번 삽혈맹세에서 제물로 잡은 짐승은 바로 팽생이었구나."

제물로 쓸 늑대를 잡아 왔던 남궁팽생은 결국 본인이 제물로 바쳐졌다.

이율배반적인 것처럼 들리지만, 그것이 또한 사람 사는 인생이 아니겠는가.

그때.

앞으로의 일을 고민하고 있는 남궁파를 향해 남궁천이 물었다.

"참. 율아는 괜찮으냐?"

"예. 아버님이 독기를 몰아내 주신 덕분에 괜찮습니다. 아마 지금쯤 의식이 돌아왔을 것입니다."

문득, 남궁파는 늑대 가면의 괴한이 남궁율에게 입맞춤을 하던 것이 떠올라 이마에 핏줄을 세웠다.

하지만 그러거나 말거나, 남궁천은 남궁파의 속을 한번 더

긁어 놓았다.

"그렇군. 그 아이가 곧 혼기를 맞이하지?"

"⋯⋯?"

지금 이 화제가 왜 나온단 말인가?

의아한 표정을 짓고 있는 남궁파에게 남궁천이 빙글빙글 웃는 낯으로 말했다.

"율아에게 시켜라. 그 삼칭황천인가 하는 녀석을 생포해 오라고."

"예? 그게 가능할 리가 없잖습니까. 율아가 아무리 뛰어나도 아직 약관도 안 된 어린아이입니다."

"그 녀석은 더 어려 보였는데?"

"⋯⋯."

남궁파가 무어라 말을 하려다 말고 입을 다물었다.

근골의 형태로 짐작건대, 삼칭황천이라는 자는 확실히 늑대 가면 속에 앳된 얼굴을 감추고 있을 것 같았기 때문이다.

남궁천은 대수롭지 않게 말했다.

"필요한 인원은 얼마든지 차출해 줄 터이니 제 손으로 직접 잡아 오라고 그래라."

"아버님. 외람된 질문이지만⋯⋯ 율아가 왜 그래야 하는 것인지요?"

"아 왜긴 왜야! 말만 한 처자가 어딜 시집도 가기 전에 외간남자의 알몸에 안겨! 인제 그 녀석은 혼삿길 다 망쳤으니 그런 줄 알어!"

"아니 아버님! 요즘 시대가 어느 때인데……!"

남궁파가 황당하다는 듯 입을 열자 남궁천은 혀를 끌끌 찼다.

"등천학관이 지금 방학기랬지? 그동안 제 신랑감 잡으러 다니면 되겠구나. 꼭 산 채로 잡아 오라고 그래라. 특작조 여러 명을 붙여 줄 테니 인원 더 필요하면 말하고."

"아버님! 아휴, 차라리 제가 가면 갔지 어찌 율아를 보낸답니까! 그리고 신랑감이라뇨! 율아의 혼처는 제가 알아볼 것이라고 누누이……!"

남궁파의 항의가 거세다.

이것만큼은 양보할 수 없다는 듯 강경한 기세였다.

하지만 남궁천은 그저 혀를 끌끌 찰 뿐이었다.

"교주고슬(膠柱鼓瑟)의 뜻을 아느냐?"

"……거문고의 현을 아교로 붙이는 것을 뜻합니다."

"그래. 거문고의 현은 어떻게 조율하는지에 따라서 음이 달라지지. 그런데 어쩌다 한번 좋은 음을 찾았다고 해서 현을 아교로 떡 붙여 놓으면 어떻게 되겠느냐? 다른 환경에서는 못 쓰게 되겠지? 사람은 항상 변화에 열려 있어야 하는 것이야."

남궁천은 턱을 쓸며 말을 이어 나갔다.

"내 젊은 시절, 남만의 한 원시 부족들을 만났던 적이 있다."

"항상 말씀하셨었죠."

"그 부족에는 특이한 풍습이 하나 있었어. 외부에서 온 손님을 맞으면 꼭 집주인의 딸과 동침을 시키는 게야."

"그건 처음 듣는군요. 다소 미개하게 느껴집니다. 딸을 무엇으로 아는 건지⋯⋯."

"근친혼만 반복하다가 부족이 약해지는 것을 경계하는 것에서 비롯된 풍습이었지. 외부에서 흘러들어 온 피를 섞어서 근친상간으로 인한 유전병을 피하기 위함이야. 미개한 것이 아니다. 다만 변화무쌍한 환경에 대응하는 나름의 방식일 뿐."

이제야 남궁파도 남궁천의 말뜻을 이해했다.

하지만 그는 여전히 아비의 말에 공감할 수 없다는 입장이었다.

"그것은 야만인들의 이야기 아닙니까? 단순히 피만 섞으면 된다고 생각하는 것은 너무 단순한 사고입니다."

"때로는 가장 단순한 것이 가장 답에 가깝지. 우리의 정신은 남궁. 남궁은 곧 피로 전승된 성씨를 뜻한다. 정신은 피고, 피가 곧 정신이야."

늘 온화하던 남궁천의 얼굴은 어느새 딱딱하게 굳어 있었다.

남궁파는 그 표정에 주눅이 든 채 얌전히 아비의 말을 경청했다.

"비슷한 정신머리를 가진 것들끼리 오래 엮이다 보면 정신적인 유전병이 생긴다. 내가 정도 출신의 손녀사위를 탐탁지 않아 하는 것도 그 때문이야. 그것들은 너무 우리와 비슷해."

"그럼 사파나 마도에 몸담고 있는 사위도 괜찮다는 뜻이십니까?"

"그렇지. 내 말은, 사귀고 배움을 꼭 정도 안에서만 한정 짓지 말라는 것이다. 외부의 젊은 피가 쓸 만해 보인다면 얼마든지 수혈해 올 수 있어야 해. 그래야만 격변하는 무림의 파도에서 살아남을 수 있다."

"너무 조급해하시는 것이 아닌지요. 남궁세가는 거목입니다. 잔물결 몇 번에 쓰러지지 않지요. 아직 그렇게까지 극단적인 변화를 추구할 때는 아닌 것 같습니다."

"그렇게 생각하느냐?"

"……?"

아비의 질문에 남궁파는 의아하다는 듯 고개를 갸웃한다.

그것을 보는 남궁천은 작게 한숨을 쉬었다.

"무림은 바다와도 같다. 잔잔할 때는 더없이 잔잔하여 낚싯대를 드리우고 술 한잔 걸치기 좋지만…… 한번 폭풍우가 불면 하늘과 바다가 뒤섞일 정도로 무섭게 격동하지."

이윽고, 남궁천의 눈동자가 아들을 향한다.

"요즘 신강의 동태가 심상치 않다는 말을 들었다."

"······!"

신강(新疆). 천산산맥의 수없이 많은 봉우리들이 줄지어 포진된 험지.

그곳에는 '마교(魔敎)'가 존재한다.

남궁천이 나직하게 말했다.

"변화에 대비하거라. 팔팔한 젊은 피가 있다면 닥치는 대로 들여와야 한다. 곧 큰 파도가 일 것이니, 그것을 넘을 수 있는 방법이라면 무엇이든 동원해야 하는 것이야."

"······."

남궁파는 조용히 고개를 숙였다.

마교라는 단어를 입에 담은 아비에게는 이 세상 그 누구도 토를 달 수 없고, 그래서도 안 되기 때문이다.

피와 시체의 구산팔해(九山八海), 구무협(舊武俠)의 시대를 거쳐 온 거목이 경고하는 대격변이었다.

호정삼림(虎穽森林)

노을이 번지는 저녁.

…탁!

여인의 화장대 위에 금패(金牌)가 놓인다.

추이는 지금 호예양의 방 안에 있었다.

남궁세가로 갔던 호예양이 돌아오기 전, 추이는 그보다 먼저 호정문으로 되돌아와 그녀의 방에 들어온 것이다.

"호형. 그대의 복수는 이것으로 모두 마쳤소."

호예양의 화장대 위에 내려놓은 금패는 과거 호질표국의 주예화 표두에게 받았던 것.

살생부에 적혀 있었던 이름들을 모두 지워 냈으니 이제 더는 호정문에 남아 있을 이유가 없다.

또한 안휘성의 패자인 남궁세가를 들쑤셔 놓았으니 더더욱 그렇다.

추후 호정문에 괜한 불똥이 튀지 않게 하려거든 이곳을 멀리 떠나는 것이 상책이었다.

추이는 호예양의 방을 둘러보았다.

소박하고 아담한 크기의 방, 좋은 가구와 정갈한 장식물들이 눈에 들어온다.

"……."

추이는 잠시 추억에 젖었다.

과거, 호예양과 함께 병사 막사를 쓰던 시절이 떠오른다.

바닥엔 물기 축축한 진흙, 비좁은 천막 안에 들끓던 벌레.

깔아 놓은 건초에는 벼룩과 이가 득실거렸고 모기와 파리 때문에 제대로 입을 벌려 대화를 하기도 힘들었던 군영(軍營).

하지만 그런 천막마저도 아늑하게 느껴졌던 참호에서의 나날들.

그리고 그보다도 더했던 전장에서의 야숙 생활.

추이가 기억하던 시절의 거처와 지금의 호예양이 머물고 있는 거처를 비교하면 가히 천지차이라고 할 수 있겠다.

"이번 생에서는 고생일랑 모르게, 잘 사시오."

추이는 화장대 위에 향 하나를 피워 놓고는 고개를 돌렸다.

떠나간 마차는 돌아보지 말아야 하는 법.

옛 추억을 떠올리는 것은 좋지만, 그것이 현실의 시간을 잡아끌어서는 안 된다.

추이는 호예양의 방을 나왔다.

그녀의 방을 청소하러 들어오던 시비 몇몇이 깜짝 놀라 소리를 질렀지만 이제는 개의치 않았다.

저벅- 저벅- 저벅-

해가 저물어 간다.

지평선 저 너머에서부터 번져 가는 노을빛을 따라, 추이는 발걸음을 옮겼다.

그때.

"야!"

뒤에서 누군가가 추이를 불렀다.

돌아본 곳에는 우동원을 비롯한 마구간지기 소년들이 보였다.

우동원이 붉어진 눈시울로 말했다.

"가는 거냐?"

"그래."

"잘 가. 멀리 안 나간다."

하지만 우동원은 추이가 가는 내내 그 뒤를 졸졸 따라왔다.

눈물을 참으려는 듯 인상을 팍 찡그린 채로.

"근데 어디로 가냐."

"서쪽."

"인마! 서쪽이 어딘데!"

"하남."

그곳은 무림맹을 비롯한 정도십오주의 대부분이 모여 있는 곳이기도 하다.

추이는 더 이상의 대화는 불필요하다고 판단, 발걸음을 빠르게 했다.

이윽고 호정문의 담벼락이 눈앞에 보인다.

그리 높지도, 그리 낮지도 않은 담벼락.

막겠다는 건지, 잡겠다는 건지도 애매한 느낌의 벽을 추이는 단숨에 타올랐다.

추이가 막 담벼락 위의 기왓장을 밟고 서는 순간.

"잘 가라! 이 정 없는 새끼야!"

뒤에서 우동원이 외치는 소리가 들렸다.

소년들이란 그렇다.

언제 그만큼 친했다고, 녀석은 참 뜬금없이도 눈물을 줄줄 흘리고 있었다.

"잘 가 추이야! 몸조심하고!"

"너처럼 말 잘 다루는 놈은 처음이었어!"

"갈 데 없으면 언제든 또 호정문으로 와!"

"마구간에 제일 좋은 자리를 비워 놓을게!"

"너 오면 침상에 건초도 두 배로 깔아 줄게!"

"니가 가 봤자 어딜 가겠냐? 기다릴 테니까 꼭 와라! 꼭!"

마구간지기 소년들도 저마다 한마디씩 하며 추이를 배웅한다.

"……."

추이는 여전히 돌아보지 않았다.

다만, 짧게나마 손을 들어 올려 한번 휘저었을 뿐이다.

추이는 대로변을 걷는다.

요 며칠간 비가 많이 온 데다가 한창 어두운지라 사람이 없다.

호정문의 장원 뒤쪽으로 쭉 이어지는 샛길.

추이는 그 길을 따라 울창한 죽림으로 들어가고 있었다.

안개비가 추적추적 내린다.

추이는 곤을 어깨에 빗겨 메었다.

그러고는 단촐한 방립 하나를 머리에 쓰고 어두운 산길로 녹아들었다.

바로 그때.

"복덩아!"

또다시 뒤에서 목소리가 들려온다.

추이를 이런 호칭으로 부르는 사람은 단 한 명뿐이었다.

고개를 돌린 곳에는 호예양이 서 있었다.

그녀는 부슬부슬 내리는 비를 그대로 맞으며, 가쁜 숨을 몰아쉬고 있다.

"복덩아!"

"……."

"복덩아!"

"……?"

굳이 자신을 세 번 호명하는 호예양을 향해 추이는 한쪽 눈썹을 까닥 움직였다.

이윽고, 호예양이 말했다.

"복덩이. 네가 삼칭황천이었구나."

그녀의 손에는 주예화 표두가 주었던 금패가 들려 있었다.

추이가 말이 없자, 호예양은 혼자서 말을 이어 나갔다.

"봉이가 다른 사람들은 다 잘 따르는데, 딱 두 사람만 무서워하더라. 너랑, 그때 비 오는 날 금창약 값을 주었던 사람."

봉은 그녀가 좋아하는 말의 이름이다.

호예양은 금패를 들어 보이며 씩 웃었다.

"그리고 여기서 말똥 냄새도 난다."

"……."

추이는 저도 모르게 옷소매를 들어 냄새를 맡아 보았다.

그러자 호예양은 웃음을 빵 터트렸다.

"장난이야."

"……."

이윽고, 그녀의 표정이 가라앉는다.

담담한 목소리가 물안개 낀 죽림을 울리고 있었다.

"고마워."

"……."

"쑥불을 피워 준 것도, 말을 몰아 준 것도, 내 고민들을 들어 주었던 것도."

"……."

"그리고 조가장과 흑도방의 일도. 곤귀 일도. 이번 남궁세가에서의 일도."

"……."

"모든 일에 네가 개입되어 있다는 것. 이제는 알고 있어."

"……."

"고맙기도 하고, 왜 도와주는지도 궁금하지만, 그걸 말해줄 거였다면 숨기지도 않았겠지?"

"……."

추이는 죽립을 푹 눌러썼다.

호예양은 그것을 아무런 말도 하지 않겠다는 뜻으로 받아들였다.

이윽고, 그녀는 한 발을 내디뎠다.

그리고 추이에게로 다가가 그의 옷자락을 살포시 쥐었다.

"가지 마."

"……"

"가족이잖아."

이 세상 그 어떤 남자가 이 여자의 부탁을 거절할 수 있을까.

저 아름다운 눈으로 자아내는 짙고 촉촉한 호소를 어떻게 외면할까.

하지만 추이는 끝끝내 고개를 돌리지 않았다.

아직 청산해야 할 업보가 많다.

수금해야 할 혈채는 아직도 남아 있었다.

일모도원(日暮途遠). 도행역시(倒行逆施).

날은 저물어 가는데 갈 길은 멀다.

그러니 가지 말아야 할 길임에도 갈 수밖에.

결국. 호예양이 말했다.

"가는 거야?"

언젠가 심상세계 속에서 들었던 말.

그것이 목소리만 바뀌었다.

"가는구나."

지금의 호예양은 얼굴이 망가지지도, 목소리를 잃지도 않았다.

"잘 가."

하지만 그녀는 울고 있었다.

추이도 말했다.

"잘 있어라."

대화는 여기서 끊겼다.

……아니, 끊겨야 했다.

그러나 심상세계 속에서 보았던 것과는 사뭇 다른 풍경이
이어졌다.

확!

추이는 자신이 쓰고 있던 방립을 거칠게 벗기는 손길을 느
꼈다.

당황한 추이가 고개를 돌리는 순간.

호예양의 두 손이 추이의 양쪽 볼을 강하게 휘어잡았다.

툭―

방립이 바닥에 떨어졌으나 아무도 그것을 줍지 않았다.

"……!"

입맞춤.

찰나(刹那)보다 짧았는지, 영겁(永劫)보다 길었는지 모를.

이윽고. 호예양은 방립을 들어 다시 추이의 머리를 푹 덮
어 주었다.

그러고는 죽림 속을 떠도는 물안개처럼 촉촉한 목소리로
말했다.

"다시 만나. 꼭."

두 번의 삶을 거쳐 온 추이조차도 무어라 대답해야 할지

알 수 없는 말이었다.

같은 시각. 어느 어두운 숲속.

사사사사사삭……

댓잎이 바람에 스치는 소리가 요란하다.

대나무 줄기를 밟고 날아온 수많은 그림자들이 한 곳을 향해 은밀하게 모여들고 있었다.

남궁세가 안에서도 최정예라 불리는 '자월수색대(紫月搜索隊)'의 특작조.

남궁팽생의 죽음으로 인해 주인을 잃어버린 북문의 사냥개들이었다.

그리고 그림자들의 맨 앞에는 그들을 이끌고 있는 새로운 주인이 있었다.

흑단 같은 머릿결 아래로 보이는 날카로운 눈매와 오똑한 콧날.

검화(劍花) 남궁율.

그녀는 칼날처럼 날카로운 시선으로 숲속에 난 발자국을 뒤쫓고 있었다.

남궁율은 지난밤의 일을 회상했다.

독에 중독되었다가 깨어난 그녀에게, 하늘과 같은 할아버지가 명했다.

'삼칭황천을 잡아서 데려오거라. 꼭 살려서 와야 한다.'

할아버지가 왜 그런 명령을 내리셨는지는 알지 못한다.

다만, 그녀는 마침 잘됐다고 생각했다.

'……내가 겪은 모욕을 반드시 되갚아 주리라.'

본디 남궁율은 방학기가 끝나면 바로 등천학관으로 복귀할 생각이었다.

하지만, 그녀는 이내 그런 생각을 버렸다.

방학기를 통째로 다 쓰든지, 휴학을 하든지 해서 반드시 자신에게 씻을 수 없는 치욕을 안겨 주었던 악적을 잡아낼 것이다.

스윽─

남궁율은 자신의 목을 한번 쓸어 보았다.

뒷목이 아릿하다.

아직도 희미하게나마 멍 자국이 남아 있었다.

동시에, 생전 처음으로 경험해 보았던 무시무시한 공포가 그녀의 몸을 떨게 만든다.

사내의 몸.

단단한 근육.

뻣뻣하던 늑대 털.

물씬 끼치던 피비린내.

자신의 목을 옥죄던 이빨.

야성 그 자체를 귀로 듣는 것 같던 목소리.

'지금부터 혈도를 짚을 것인데. 발버둥 치면 귀를 자르겠다.'

'앞으로 내 말을 끊으려 드는 놈이 있다면. 그 전에 먼저 이년의 멱부터 끊어 놓고 보겠다.'

날것 그대로였던 이 모든 것들이 그녀의 마음과 감정을 온통 뒤흔들어 놓고 있었다.

단지 공포와 분노일까?

아니면 그것들 말고도 또 다른 그 무언가가 섞여 있는 감정일까?

남궁율은 혼란스러움을 느꼈다.

존귀하게 태어나 존귀하게 살아왔다.

모두가 그녀의 눈앞에서 웃고 고개를 숙이며 비위를 맞추었다.

그렇게 한평생을 살아왔던 그녀는 처음으로 누군가에 의해 함부로 다뤄지는 경험을 겪었다.

거기에 혀뿌리가 타들어갈 정도로 매웠던 첫 입맞춤까지.

"……. ……. ……."

그때의 기억을 떠올린 남궁율의 몸이 또다시 가늘게 떨린다.

얼굴이 뜨거워지고 숨이 가빠지며 식은땀이 배어난다.

이 감정이 꼭 공포와 분노의 혼합물만이 아니라는 것을 그녀는 인정하고 싶지 않았다.

위에 서서 주인 되기를 원하는 욕망과, 밑에 깔려 굴종하기를 원하는 욕망.

전자는 당연하게 생각하던 것이나, 후자는 이번에 새롭게 깨달은 것이다.

남궁율은 이 모순적이고 양가적인 감정 상태를 애써 외면했다.

그리고 이 혼란을 떨쳐 내기 위해서 꼭 그 늑대 가면의 사내를 잡아 자신의 발밑에 무릎 꿇려야겠다고 생각했다.

'……반드시 잡는다. 잡아서 내 앞에 꽁꽁 묶어 놓고 채찍질이라도 해 주겠어. 그때처럼 온몸이 피투성이가 되도록.'

남궁율은 입술을 깨물며 주먹을 꽉 말아 쥐었다.

안휘성을 통째로 뒤져서라도, 필요하다면 그 밖까지 나가서라도 꼭 찾아낸다.

자신의 모든 걸 걸고, 무슨 수를 써서라도 잡을 것이다.

성 내의 모든 유력 인사들 앞에서 인질로 잡히는 망신에 첫 입맞춤까지 빼앗기는 굴욕을 겪었으니, 무인으로서든 여자로서든 충분히 복수할 자격이 있었다.

남궁율은 남궁세가의 최정예인 자월수색대를 돌아보았다.

그리고 바닥에 난 희미한 발자국들을 가리키며 차가운 목소리로 말했다.

"쫓아라."
주인의 명령이 내려졌다.
밤의 사냥개들이 숲으로 뛰어들어 간다.

파시(波市)

호정문을 떠나는 발걸음.

그것은 가벼우면서도 또 고단한 것이었다.

추이는 안휘성을 벗어난 뒤 장강(長江)을 따라 서쪽으로 갔다.

드넓은 중원을 가로지르는 장강의 하류를 타고 북쪽으로 올라갈 계획에서였다.

'……그 전에 잠시 들를 곳도 있으니.'

추이는 장강을 끼고 먼 길을 돌아갔다.

지평선 너머로 온통 억새만이 넘실거리는 강변.

질척한 진흙뻘 옆에는 거칠게 흐르는 탁류와 뾰족한 암초들만이 솟아나 있었다.

구당협곡(瞿塘峽谷). 몇 개의 절벽이 병풍처럼 둘러 둘러 서 있는 사이로 격렬한 수류가 흐르는 구역이다.

…콸콸콸콸콸콸콸콸콸!

이곳은 산세가 험하고 물살이 빨라서 웬만한 어부들은 잘 오지 않는다.

하지만 그만큼 물고기도 많은 곳이었기에, 실력에 자신 있고 힘깨나 쓰는 젊은 어부들이 가끔 목숨과 어획량을 맞바꾸러 오는 곳이기도 했다.

그런 구당협곡의 물살을 따라 추이는 계속해서 걸었다.

스스스스스……

억새들이 바람에 눕는다.

이곳은 정말 끝없이 펼쳐져 있는 억새 말고는 아무것도 없었다.

하류로 접어들자 드세던 물살도 조금은 잠잠해졌다.

그때쯤 해서.

꼬르륵—

추이는 주린 창자를 움켜쥐었다.

벌써 사흘째 아무것도 먹지 못했다.

배가 고플 때마다 들짐승을 사냥해 먹었지만 이곳 억새밭에는 딱히 잡을 만한 것도 보이지 않는다.

그때.

"……!"

추이는 무언가를 발견했다.

구당협곡의 하류 쪽에 무언가가 있었다.

땅거미가 어둑어둑 내려앉는 강물 위, 작은 섬 하나가 둥둥 떠 있는 것이 보인다.

"......"

자세히 보니 그것은 섬이 아니라 수많은 배들이 다닥다닥 모여 이루어진 것이었다.

배들은 서로를 새끼줄로 묶고 그 위에 널빤지를 깔아서 자그마한 인공 섬을 만들어 놓았다.

호롱불들이 어스름하게 빛나고 있는 아래, 수많은 어부들이 자신이 잡은 물고기들을 좌판에 내다 팔고 있었다.

"여섯 척짜리 메기가 있소! 분명 용궁의 고관대작일 거요!"

"연자홍이 만선이외다! 빨리들 가져가슈!"

"자자, 붉은 잉어요! 붉은 잉어! 만년화리일지도 모르니까 사고 나면 배 한번 갈라 보소!"

"숭어, 초어가 많소! 씨알 굵직한 것들이니 주릅들은 얼른 들 와서 보시오!"

파시(波市).

물 위에서 배들이 모여 일시적으로 생성되는 시장이었다.

어부들은 이곳에다가 자신들이 잡은 물고기들을 내다 팔고 또 앞으로의 어업에 필요한 도구나 식료품들을 사기도 했다.

"여보— 여기 그물 고치는 할아범 어디 갔소!?"

"할멈. 이 생선들로 기름 좀 짜 주시우."

"육포를 좀 구하고 싶은데, 오늘 잡은 숭어랑 바꿉시다."

"제미, 오늘은 공쳤네. 저기서 국밥이나 한 그릇 먹고 가세!"

"목욕물 데웁니다! 뜨겁게 등목 한번씩들 하고 가셔~!"

"여기서 술 한 잔 하고 가셔요~ 생선으로도 받아요~!"

만선(滿船)의 꿈을 꾸는 젊은 어부들이 괄괄하게 외치고 떠드는 소리.

그 외, 어부들을 상대로 생선을 감별하는 이, 경매꾼, 도매상, 소매상, 목욕탕 장사, 그리고 술과 밥을 파는 이들이 모여들어 북새통을 이룬다.

파시의 한 구석, 너덜너덜한 천막 아래에 더러운 솥 몇 개를 걸어 놓고 우거짓국을 끓이고 있는 남자가 하나 있었다.

추이는 뭍과 연결되어 있는 밧줄다리를 타고 파시 위로 올라섰다.

부글부글부글부글……

작은 솥 안에서 끓는 국밥 냄새.

멀건 된장과 우거지, 국물 위로 뜨고 가라앉기를 반복하는 이름 모를 잡어(雜魚)의 대가리, 들짐승의 내장, 그리고 좁쌀이 한데 섞여 끓고 있는 내음이 제법 걸쭉하고 구수하다.

추이는 더러운 그물 뭉텅이 위에 주저앉았다.

그리고 바닥을 뒹굴어 다니던 이 빠진 그릇 하나를 집어 들고는 흐르는 강물에 한번 찰박- 씻었다.

기름이 둥둥 떠다니는 멀건 국물, 뽀얀 김이 피어올라 시야를 가린다.

추이는 솥에 걸려 있는 나무 국자를 들어 국밥을 푸려 했다.

그때, 주인으로 보이는 텁석부리 수염의 남자가 추이의 옆으로 다가왔다.

그는 커다란 손바닥을 벌리며 퉁명스레 말했다.

"선불이야."

추이는 허리에 두르고 있던 가죽을 벗어 주인의 앞으로 툭 던졌다.

담비 가죽. 꽤 고급품이다.

하지만 주인은 고개를 저었다.

"난 돈으로만 받아."

"얼만데."

"동전 세 닢."

추이는 고개를 들어 주인을 바라보았다.

담비 가죽은 은자로 쳐도 한 냥은 받을 수 있다.

겨우 동전 세 닢과 비교할 바가 아닌 것이다.

하지만 국밥집 주인은 완강했다.

"돈 없으면 먹지 마."

"……"

추이가 입을 다물었다.

바로 그때.

"여기요. 국밥값."

추이와 국밥집 주인 사이로 누군가가 끼어들었다.

이제 막 예닐곱 살이나 되었을 법한 소녀.

소녀는 주인에게 동전 두 닢을 던져 주었다.

구리 동전 두 개를 받아 든 국밥집 주인은 킁 하고 코웃음을 쳤다.

"국자로 두 번만 퍼먹어. 세 번 푸다간 경을 칠 줄 알고."

그는 텁석부리 수염에 낀 소금기를 툭툭 털며 천막 안으로 들어가 버렸다.

소녀는 주인을 향해 혀를 쏙 내밀어 보였다.

"똥간 똥물 같은 똥국 좀 푸는 거 갖구 유세는!"

"……"

솥을 향해 손을 뻗던 추이가 잠시 멈칫한다.

이윽고, 소녀가 물었다.

"오빠 거지예요?"

"거지 아니다."

"울 엄마가 돈 없으면 거지랬는데."

"……"

추이는 조용히 국밥을 세 번 퍼서 그릇에 담았다.

그러고는 아까 바닥에 던져 놓았던 담비 가죽을 소녀에게 주었다.

"이름이 뭐니."

"벽리연이요. 오빠는요?"

"추이."

"거지 오빠."

이럴 거면 이름을 왜 물어봤는지, 추이는 우거지와 밥알을 훌훌 입으로 들이마셨다.

시들시들한 우거지에 색깔만 낸 된장, 찝찔한 젓국 냄새가 코끝을 찌른다.

뒤이어 들짐승의 내장 조각과 탁하게 익은 생선 눈깔이 씹혔고 푹 익은 좁쌀들이 국물과 함께 목구멍으로 밀려 들어온다.

솔직히 맛은 없었지만 뜨겁고 짭짤한 맛에 먹는 국물이었다.

추이는 그릇에 담긴 우거짓국을 정신없이 먹어 치웠다.

주린 창자에 더운 곡기가 들어가니 이제야 좀 살 것 같았다.

한편, 벽리연은 추이를 빤히 보며 말했다.

"엄마가 그러는데. 걸식은 사람을 병들게 한댔어요."

"……."

추이는 고개를 들고 벽리연의 얼굴 너머를 바라보았다.

그곳에는 고달픈 삶을 사는 것처럼 보이는 여인들이 분주하게 돌아다닌다.

더러운 새끼줄에 빨래를 너는 여인.

강물을 떠서 얼굴에 묻은 분을 씻어 내는 여인.

맨 다리를 훤히 드러낸 채 지나가는 남자를 향해 추파를 던지는 여인.

그 외 수많은 여인, 여인, 여인네들.

파시에도 홍등가(紅燈街)가 있다.

거칠고 힘든 일을 하는 사내들이 많이 모이는 곳이니 당연히 술과 웃음도 따라오는 법.

물 위에 모였다가 흩어지는 이런 물거품 같은 공간에도 분냄새를 풍기는 여인들이 있다.

이런 여인들을 파등(波燈)이라고 부른다.

아마 벽리연은 그런 파등들 중 하나의 딸인 모양이다.

벽리연은 추이를 보며 재잘재잘 떠들었다.

"엄마는 원래 호북성 사람이래요. 농사짓는 집에서 막내딸로 태어났는데, 먹을 게 없어서 거의 맨날 굶었댔어요. 근데 패도회라는 곳에서 그랬대요. 배에 타면 큰돈을 벌 수 있고 가족들도 다 먹여 살릴 수 있다고. 그래서 배에 탄 거래요."

"그렇구나. 큰돈은 벌었니?"

"별로 못 번 것 같아요. 그래서 저도 얼른 커서 일해야 해

요. 근데 그 전에 뭍으로 한 번은 나가야 될 것 같아요. 엄마
가 아프거든요. 뭍으로 가야 의원을 만나서 제대로 몸을 고
칠 수 있다고 했어요. 그래야 또 힘내서 일할 수 있다고."

이 나이대의 어린아이는 으레 묻지도 않은 것들을 조잘조
잘 이야기하길 좋아한다.

추이는 우거지를 우적우적 씹으며 적당히 고개를 끄덕였
다.

벽리연이 물었다.

"오빠는 어디로 가요?"

"하남."

"하남이 어디에요?"

"무림맹이 있는 곳."

"무림맹이 뭔데요?"

"무림인들이 모인 곳이지."

"거기는 왜 가요?"

"……."

추이는 잠시 턱을 짚었다.

그러고는 옅게 웃었다.

"죽일 놈들이 많아서."

이제 막 열대여섯 살 정도로 보이는 앳된 얼굴과는 영 어
울리지 않는 미소였다.

하지만 여섯 살 벽리연의 눈에는 그것이 그다지 이상해 보

이지 않았다.

"헤에— 오빠는 무림인이에요?"

"그런 것도 아니?"

"네. 엄마가 종종 말해 줬어요. 엄마를 여기로 보낸 사람들
도 무림인이래요. 무림인들은 힘이 엄청 세다고 들었어요."

"그렇구나."

추이는 국밥 한 그릇을 깨끗하게 다 비웠다.

그러고는 바닥에 떨어져 있던 담비 가죽을 주워 벽리연에
게 건네주었다.

"이건 국밥값이다."

"됐어요. 담비 가죽이 더 비싼 거예요. 바보 거지 오빠."

"그래도 밥값은 치러야지."

"음. 그러면…… 그 대신 부탁 하나만 들어주세요."

"?"

벽리연의 말에 추이는 고개를 돌렸다.

그러자 벽리연이 똘망똘망한 시선으로 말을 이었다.

"엄마가 몸이 많이 아픈데. 뭍에 가려면 무림인 아저씨들
허락을 받아야 한댔어요."

"그러니."

"네. 오빠도 무림인이면 나중에 무림인 아저씨들 만났을
때 부탁 좀 해 주세요. 울 엄마 좀 뭍에 가게 해 달라고."

"흠."

추이는 잠시 고민했다.

그러고는 고개를 끄덕였다.

"만나게 될지는 모르겠지만, 만약 만난다면 부탁은 해 보마."

"네. 같은 무림인들끼리는 말이 잘 통할지도 모르잖아요. 제가 말해 본다고도 했었는데, 엄마가 그러지 말라고 했어요. 어차피 말해도 못 알아듣는다고. 무림인들은 무림인들끼리만 대화가 통한댔어요."

"음. 그도 그렇지."

이윽고, 추이는 자리에서 일어났다.

이제는 가야 할 시간이다.

마침 저 뒤에 있던 여인이 벽리연을 부르고 있었다.

"연아! 모르는 사람하고 얘기하지 말라니까!"

파리한 안색의 여인이 다가와 벽리연을 안아 든다.

그리고 황급히 발걸음을 옮겨 배 위의 천막 안으로 들어가 버렸다.

"거지 오빠, 안녕─"

천막으로 들어가기 직전, 그녀의 품에 안긴 벽리연이 추이를 향해 한쪽 눈을 찡긋해 보였다.

고 맹랑한 작별 인사에 추이는 고개를 끄덕여 화답했다.

배를 넉넉히 채운 추이는 파시를 떠나기 위해 몸을 일으켰다.

마침 시장 귀퉁이에 뗏목 하나가 버려져 있는 것이 보인다.

물에 잘 뜨는 쓰레기들과 널빤지 몇 개를 덧대 만든, 사실 뗏목이라기보다는 부표에 가까운 것이었지만 추이는 감사한 마음으로 이것 위에 올라탔다.

천천히, 추이는 곧 '묵죽(墨竹)'을 노처럼 저어 강물 위를 나아간다.

……. ……. …….

장강의 앞물결은 뒷물결을 밀어내며 앞으로 흐른다.

모든 것은 약수(若水)의 순리대로 앞과 뒤, 먼저와 나중이 있건만.

오직 하나, 추이만큼은 아니다.

그는 물살을 거꾸로 거슬러 온 잉어.

순리를 거부하고 삶을 역으로 살아가는 존재.

일모도원(日暮途遠) 도행역시(倒行逆施).

날은 저물고 갈 길은 멀기에, 도리를 거스르며 살아갈 수밖에 없는 복수귀가 아니던가.

추이가 자신의 지난 삶과 회귀에 무슨 의미가 있을지를 고민하는 동안, 뗏목은 하릴없이 물결을 따라 이동한다.

하류 쪽으로 완만하게 흐르는 물살에 떠밀려, 추이는 그렇게 앞으로 나아가고 있었다.

……별안간 들려온 비명 소리만 아니었더라면 아마 뒤를 돌아볼 일은 없었을 것이다.

끄–아아아아아악!

찢어지는 듯한 비명 소리와 함께, 겁에 질린 어부들의 외침이 들려왔다.

"도, 도망쳐!"

"수적이다! 수적 떼야!"

"장강수로채가 나타났다!"

추이의 뒤를 이어 파시를 찾아온 불청객들이었다.

✼

파시의 외곽에는 쓰레기들이 둥둥 떠다닌다.

찢어진 폐그물 조각, 더러운 천, 부서진 널빤지, 닥나무 새끼줄 토막, 썩어 가는 잡어 시체…….

그것들의 무리에 새로운 하나가 추가되었다.

…풍덩!

국밥집 주인이 강물에 빠졌다.

이마에는 쇠뇌 한 대가 단단히 박혀 파르르 떨리고 있었다.

"좋았어! 명중! 이걸로 내가 하나 앞서간다."

"예미랄 새끼야! 치사하게 앞으로 나가서 쏘는 게 어됐냐?"

"먼저 죽인 놈이 임자라 이거야! 억울하면 너도 활 써!"

"좋다. 제일 많이 죽인 놈에게 오늘 노획물 몰아주기다! 어디 한번 해 보자고!"

낄낄 웃는 사내들은 모두 칼, 창, 도끼, 활 등의 병장기로 무장하고 있었다.

그들을 태운 배의 중앙에는 커다란 깃발 하나가 펄럭인다.

장강수로채(長江水路砦).

장강 전체를 누비는 조직적인 수적(水賊) 패거리.

거친 뱃일을 하는 사나이들조차 어린 소녀마냥 울먹거리게 만드는 존재들이 나타났다.

"히익……."

"자, 장강수로채가 왜 여기를……."

"끝났어…… 우린 모두 끝이야……."

파시 위에 있는 모든 이들이 겁을 집어먹고 오들오들 떤다.

이윽고, 수적들의 배 맨 앞으로 한 명의 장한이 나섰다.

"들어라."

그는 커다란 체구에 텁석부리 수염을 기른 장사였다.

불룩 튀어나온 태양혈이 그가 상당한 수위의 무공을 가지고 있다는 것을 증명하고 있었다.

"나는 장강수로채의 백두 공손합이다. 얌전히 투항하면 흐르는 피가 적어질 것이야."

장강수로채의 '백두(百頭)'는 밑에 백 개의 머리를 거느리고 있는 계급이다.

그 위로는 장강수로채 전체를 통틀어 단 열둘밖에 없다는 '천두(千頭)' 계급이 있고 그 위로는 채주 하나뿐.

수적들은 낄낄 웃으며 파시로 건너왔다.

"우리 공손백두님의 말씀 잘 들었지?"

"있는 것 없는 것 싹싹 긁어 내와라, 어서."

"나중에 우리가 뒤져서 나오게 되면 목숨만 빼앗는 게 아닐 거야. 으응?"

그때, 한 남자가 용감하게 앞으로 나섰다.

"우, 우리는 여기 어, 어부들하고 사정이 조, 좀 다르오!"

"?"

공손합은 심드렁한 표정으로 고개를 돌렸다.

남자는 덜덜 떨면서도 목소리를 높였다.

"나, 나는 파등을 관리하는 자인데…… 우, 우리 뒤에는 패도회가 있소이다! 호북성 초장현의 패도회를 모르지는 않겠지?"

그는 '패도회(佩刀會)'라는 말을 입에 담은 이상 수적들이 자신들을 어쩌지 못할 것이라 생각했다.

하지만.

"안다."

공손합의 표정은 여전히 심드렁했다.

그는 허리춤에서 칼을 빼 들며 말했다.

"패도회가 너희들을 팔았거든. 나한테."

"……에?"

남자는 멍한 표정을 지었다.

그러고는 그 뒤 다른 어떠한 표정도 지을 수 없는 몸이 되었다.

싹둑-

공손합의 허리춤에서 뽑혀 나온 박도가 남자의 모가지를 잘라 내어 강물 위로 날려 버렸기 때문이다.

…풍덩!

흩어지는 핏물을 보며 공손합은 혀를 끌끌 찼다.

"패도회에서 너희들에게 말 좀 전해 달라더라. 지금까지 상납금 바치느라 수고 많았고, 이제 어디로 팔려 가든 간에 거기가 고향이다~ 생각하면서 정붙이고 살아 보라고."

그러자 파등선의 여자들이 오들오들 떨기 시작했다.

"그, 그럴 수가…… 이젠 빚도 거의 다 갚았는데……."

"무슨 소리예요 이게? 저, 저한테는 올해까지만 일하면 집에 갈 수 있다고……."

"팔다뇨? 우, 우리를요? 우리를 당신들에게 팔았다구요?"

"어, 엄마…… 엄마 보러 가야 되는데 나…….."

믿기 힘든 현실에 서 있을 힘도 없다는 듯, 몇몇 여자들이 픽픽 쓰러졌다.

그때. 한 여자가 공손합의 앞으로 뛰어나가 엎드렸다.

"나으리! 장군 나으리! 제발 자비를 베풀어 주세요! 저는 뭍으로 가야 해요! 콜록콜록—"

그녀는 푹 꺼진 볼을 가리키며 울먹였다.

"저는 몸이 너무 아파서 당장 의원에게 진맥을 받지 못하면 올해를 넘기기 힘들 거라고 했어요! 이번에는 정말 뭍으로 가야 해요! 제발……!"

"오호— 그러냐? 그러면 안 되지. 아프면 진료를 받아야지."

공손합의 말에 여인의 얼굴 표정이 밝아진다.

하지만 공손합은 별다른 조치를 취하지는 않았다.

다만 여인을 향해 성큼성큼 다가서며 손을 내밀었을 뿐이다.

"어디 보자. 내가 곧 편작이고 화타다. 그래, 어디가 아프냐?"

"예? 저, 저는 두통이 좀……."

여인이 목을 쓰다듬으며 중얼거리는 순간.

쩌억—

공손합은 박도를 들어 여인의 머리통을 반으로 쪼개 버렸다.

옆에서 낄낄 웃는 수적들을 돌아보며 공손합은 말했다.

"너희들 중에도 아픈 놈 있으면 말해라! 내가 그때그때 바로바로 고쳐 주마!"

"역시, 두목님은 천하제일 명의셔! 머리가 아프면 머리를 없애면 된다 이거야!"

수적들은 박수갈채를 보내며 공손합에게 아부하기 바쁘다.

이윽고, 공손합은 서늘한 눈빛으로 모든 이들을 향해 말했다.

"여기 있는 남자들이고 여자들이고, 이제부터는 죄다 우리 장강수로채의 재산이다. 당연히 뭍으로는 영영 갈 수 없는 것이야."

그 말에 남자들이고 여자들이고 모두 자리에 주저앉아 울기 시작했다.

어쩌겠는가.

장강수로채.

더 정확하게는 장강수로십이채(長江水路十二砦).

이들은 장강에 있는 열두 개의 협곡에 진을 치고 사천으로 가는 길목을 통제하고 있는 대규모의 수적 집단이다.

관과의 관계가 끈끈하여 토벌 대상으로 분류되지도 않을 뿐만 아니라 오히려 약간의 자치권마저 얻어 행사하고 있는 형국이니, 일반 소시민들의 입장에서는 그야말로 천재지변이나 다름없는 존재들인 것이다.

이들을 만났으니 파시에 모인 모든 사람들의 운명은 이미 정해진 것이나 다름없다.

전 재산을 빼앗긴 채 평생 노예처럼 궂은일을 하다가 살해당하거나, 쇠약사하게 될 것이다.

벽리연과 그녀의 어미 또한 마찬가지였다.

그때.

"이, 이렇게 당할 수는 없소!"

분연히 일어나는 한 남자가 있었다.

그는 생선 잡던 칼을 빼 들며 외쳤다.

"어차피 저들에게 잡히면 끝장날 거, 여기서 한번 붙어 봅시다! 쪽수도 우리가 더 많잖소!"

그 말에 몇몇 괄괄한 남자들이 동조했다.

회칼과 손도끼를 든 남자들이 자리에서 뛰쳐나왔다.

몇몇은 그물과 작살을 들고 나오기도 했다.

하지만.

"하하하하ー"

공손합은 그저 웃을 뿐이었다.

이윽고, 그는 손에 들고 있던 박도를 횡으로 한 번 붕 휘둘렀다.

퍼퍼퍼퍼퍼퍽!

분연히 떨치고 일어났던 일곱 사내의 머리통이 일거에 깨져 나갔다.

핏물과 뇌수가 흩뿌려지며, 방금 전까지만 해도 투지를 불태우던 어부들의 표정이 멍하게 바뀌었다.

"무공도 모르는 무지렁이들이…… 주제에 피는 붉구나."

공손합은 주변의 남자들을 너무도 쉽게 때려죽였다.

박도는 날이 무뎠고 군데군데 이가 빠져 있어서 사실 도(刀)라기보다는 쇠몽둥이에 가까웠다.

그리고 그것에 맞을 때마다 건장한 체격의 어부들이 수숫대처럼 픽픽 꺾여 나갔다.

뻐억! 퍽! 우지직! 뎅겅-

공손합이 반항하는 어부들을 죽이는 모습은 마치 살찐 생쥐들을 찢어발기는 고양이와도 같았다.

"으아아아아아!"

어부들이 도망치기 시작했다.

한 명이 죽기 직전 뿌린 그물이 공손합을 덮쳤으나.

"흐읍!"

공손합은 그 질긴 그물을 순수한 힘으로 찢어 버렸다.

"무기를 들었던 놈들은 손목을 자르고 온몸에 칼집을 낸 뒤 소금에 절여 주마. 무기를 들지 않았던 놈들은 왼쪽으로 가 서라. 고분고분하게만 굴면 상처 하나 입히지 않는다."

그 말에 파시의 모든 사람들은 완전히 전의를 상실해 버렸다.

쩔그렁– 쩡!

회칼과 손도끼들이 널빤지 위로 떨어져 내렸다.

그러자 수적들이 낄낄거리며 걸어와 어부들을 포박했다.

"너 아까 도끼 들고 설치던 놈이지? 기억해 뒀다?"

"이놈은 남자치곤 얼굴이 곱상한데. 내가 앞으로 예뻐해 줄게."

"어이쿠, 이놈은 뭘 처먹었길래 이렇게 키가 커? 안 되겠다. 너는 손목 말고 발목부터 좀 자르자."

남자들이 포박당하고 난 다음은 여자들 차례였다.

애꾸눈 수적 하나가 새끼줄을 들고 가서 파등선의 여자들을 줄줄이 묶었다.

그때.

"뭐야? 꼬맹이도 있네?"

애꾸눈이 벽리연을 발견하고는 히죽 웃었다.

벽리연은 화들짝 놀라 어미의 뒤로 숨었으나 애꾸눈은 기어이 그녀의 머리채를 잡아 끌어냈다.

"히히히– 나는 열 살을 넘어가면 여자로 안 보는데, 이게 웬 떡이냐."

그러자 벽리연의 어미가 애꾸눈의 발치를 붙들고 애원했다.

"제발 제 딸만은 봐주십시오 나으리, 제가 뭐든지 하겠습니다! 정말 뭐든지!"

"저리 꺼져, 장모님아. 사위한테 밟혀 죽기 싫으면!"

애꾸눈은 벽리연의 어미를 걷어찼다.

그러고는 벽리연의 머리채를 휘어잡은 채 배로 끌고 갔다.

바로 그때.

…철썩!

작은 뗏목 하나가 물살을 거슬러 파시에 당도했다.

턱―

아직 앳된 얼굴의 소년 한 명이 뗏목에서 걸음을 떼어 파시 위로 한 발자국을 내디뎠다.

그 앞을 지나가던 애꾸눈이 입술을 비죽 들어 올리며 웃었다.

"애야― 시장에 뭘 사러 온 거라면 너무 늦었구나. 장은 파했다."

하지만 소년은 태연했다.

"뭘 사러 온 것은 아니고."

"그럼 뭐 팔러 왔냐? 뭐든 간에 늦었어. 너도 일루 와."

"팔러 온 것도 아니야."

소년은 애꾸눈의 손에 잡혀 있는 벽리연을 바라보며 말했다.

"대화를 하러 왔다."

"대화? 푸하핫! 어디서 이런 병신 같은 게 왔……."

애꾸눈은 말을 끝맺지 못했다.

여섯 개의 모서리를 가진 흑색의 곤 하나가 뱃전 아래에서 쑥 뽑혀 나왔기 때문이다.

뻐—적!

골통이 부서지며 이빨과 뼛조각 들이 수면 위로 촤악 흩뿌려진다.

풍덩—

머리통이 날아간 수적의 몸이 강물에 처박혔다.

소년은 곤을 든 채로 천천히 발걸음을 옮겼다.

"이, 이놈 뭐야?"

"죽여 버려!"

뒤에서 여자들을 끌고 가던 수적 두 명이 각자 칼과 도끼를 들고 달려들었다.

하지만.

…우지끈! 떠—억!

하나는 곤에 맞아 목이 부러졌고 다른 하나는 곤 끝이 입을 뚫고 들어가 얼굴의 절반을 으깨 놓았다.

풍덩— 풍덩—

수적의 시체 세 구가 강물 위를 둥둥 떠다니게 되었다.

소년은 벽리연의 머리를 쓰다듬으며 말했다.

"대화를 해 달라고 했었지?"

벽리연은 얼마 전 소년과 나눴던 대화를 머릿속에 떠올렸다.

'엄마가 몸이 많이 아픈데. 뭍에 가려면 무림인 아저씨들 허락을 받아야 한댔어요.'

'그러니.'

'네. 오빠도 무림인이면 나중에 무림인 아저씨들 만났을 때 부탁 좀 해 주세요. 울 엄마 좀 뭍에 가게 해 달라고.'

'흠. 만나게 될지는 모르겠지만, 만약 만난다면 부탁은 해 보마.'

'같은 무림인들끼리는 말이 잘 통할지도 모르잖아요. 제가 말해 본다고도 했었는데, 엄마가 그러지 말라고 했어요. 어차피 말해도 못 알아듣는다고. 무림인들은 무림인들끼리만 대화가 통한댔어요.'

'음. 그도 그렇지.'

국밥값으로 동전 두 닢을 빚졌으니 어쩌겠나.

소년은 대화에는 별로 소질이 없지만 무림인들끼리의 대화에는 제법 능숙한 편이었다.

거기다가 마침 소년에게는 좋은 대화 수단이 쥐어져 있지 않은가.

"내가 한번 무림인 아저씨들이랑 대화를 해 보마."

곤귀를 죽여 버리고 빼앗은 묵죽곤(墨竹棍)이 말이다.

술 취한 몇몇 수적들이 칼을 뽑아 들었다.

"저 새끼 뭐야?"

"뭔 상관이야! 죽여!"

"이 새끼가 어딜 감히!"

그들은 앞서 죽은 동료들의 시체를 보지 못했다.

워낙에 순식간에 죽어 나갔기 때문이다.

"……."

추이는 곤을 들었다.

그리고 맨 처음 달려들던 수적의 배를 찔렀다.

뚜-둑!

척추뼈가 부러지는 소리.

순간적으로 치솟는 복압(腹壓)을 견디지 못한 내장들이 항문으로 뿌직뿌직 터져 나온다.

추이는 그대로 곤을 옆으로 그었다.

옆에서 달려오던 두 번째 수적의 다리가 곤에 걸려 넘어졌다.

"끅!?"

하필 수적이 넘어진 곳에는 널빤지 위로 툭 튀어나와 있는 쇠못 하나가 있었다.

뿍-

쇠못의 녹슨 대가리가 수적의 목젖을 뚫고 들어가 뒷목으로 삐죽 튀어나왔다.

못의 뾰족한 부분이 아님에도 불구하고 그렇게 됐다.

"이 새끼이이이!"

세 번째 수적이 추이를 향해 칼을 휘두른다.

추이는 조용히 앞으로 한 발을 내디뎠다.

그리고 품속에서 망치 한 자루를 꺼내 수적의 머리통을 가로로 후려갈겼다.

떠—억!

관자놀이 부근이 움푹 꺼지며, 갈 곳 잃은 눈알 하나가 허공으로 떠오른다.

…풍덩! …풍덩! …풍덩!

세 구의 시체가 또다시 장강의 물살 위에 둥실둥실 떠다니게 되었다.

"……."

"……."

"……."

수적들도 알았다.

지금 파시로 올라온 소년이 예사 존재가 아니라는 것을.

공손합이 미간을 찡그렸다.

"귀공은 누구신데 남의 영업장에서 행패를 부리시는가?"

짐짓 점잖은 꾸지람이었으나 어폐가 많다.

애초에 이곳은 장강수로채의 영업장이 아니기 때문이다.

추이는 들을 가치도 없다는 듯 망치에 묻은 뇌수를 털어냈다.

"산적 다음은 수적인가."

회귀한 이래 처음으로 손에 묻힌 피는 산적들의 것이었다.

물론 녹림도로 위장한 흑도방의 졸개들이긴 했지만 말이다.

이번 상대는 수적.

일반적으로 산적들보다 더욱 상대하기 까다로운 도당들이다.

그들에게는 뭍의 법도나 윤리가 닿지 않는다.

장강을 지나다니거나 그곳을 터전으로 삼고 있는 사람들에게는 자연재해보다 더 무서운 흉신악살들이라고 할 수 있다.

하지만 추이는 오히려 이런 부류의 적들이 상대하기 편했다.

명분이나 도리를 따질 필요도 없고 손속의 경중을 따질 이유도 없기 때문이다.

"주제에 피는 붉구나."

추이의 말을 들은 공손합의 표정이 일그러졌다.

그것은 방금 전에 자신이 파시의 상인들에게 했던 말이기 때문이다.

이윽고, 공손합의 눈짓을 받은 수적들이 일제히 움직였다.

"보통 놈은 아닌 것 같으니 한꺼번에 쳐라."

일백의 머리를 통솔하는 머리답게, 공손합은 순식간에 추이의 도주로를 막았다.

아까 죽은 여섯 명을 제외한 열다섯 명의 수적들이 칼, 창, 도끼, 활을 들어 추이를 겨누었다.

"궁노부터 쏴라!"

공손합의 명령을 들은 수적들이 빠르게 움직였다.

다섯 명의 활잡이들이 앞으로 나서서 추이를 향해 화살을 날려 보냈다.

쉬쉬쉬쉬쉬쉭!

화살들이 추이를 노리고 쏘아져 나갔다.

펄럭-

추이는 입고 있던 낡은 피풍의를 벗어서 막처럼 둘렀다.

…푸욱!

화살촉이 피풍의 자락을 뚫고 들어오는 순간.

패액-

추이는 옷자락을 잡아채며 화살들을 죄다 다른 방향으로 꺾어 버렸다.

동시에.

차라라라락!

옷자락이 걷히자마자 눈에 들어온 것은 허공으로 흩뿌려진 마름쇠들이었다.

뾰족뾰족한 쇠붙이들이 수적들의 얼굴에 일제히 틀어박혔다.

"끄아아악!"

거리만 믿고 방어를 생각하지 않았던 활잡이들이 저마다 얼굴을 움켜잡고 물러난다.

추이는 곧바로 곤을 휘둘렀다.

"걱정 마! 멀어서 안 닿는……!"

맨 앞에 있던 수적이 외치다 말고 멈췄다.

추이의 곤 끝이 그의 아래턱을 박살 내고 지나갔기 때문이다.

추이는 곤을 손가락 두 개의 끝에 끼워서 휘두르고 있었다.

그래서 수적들이 생각했던 것보다 훨씬 더 먼 거리를 공격할 수 있었던 것이다.

부욱-

곤 끝에 목젖 가죽을 뜯긴 수적 하나가 비명을 질러 댔다.

살점과 핏방울이 미친 듯이 튀자 제아무리 거친 수적들이라고 해도 겁에 질릴 수밖에 없다.

"히익!?"

"귀, 귀신이다!"

"으아아아- 살려 줘!"

그 혼란의 도가니 위를 추이가 덮쳤다.

우직! 우직! 으드득!

추이는 곤을 휘둘러 활잡이들을 때려죽였고, 활잡이들의 시체를 방패 삼아 덤벼드는 칼잡이들의 머리통을 망치로 두들겨 깨 놓았다.

창을 쓰는 몇몇 수적들이 있어 추이를 찌르려 했으나.

떠-걱!

추이의 곤에 맞아서 창과 허리가 같이 부러져 나갈 뿐이었다.

"……."

공손합은 부하들이 모조리 죽어 나갈 때까지 나서지 않았다.

이윽고, 마지막 한 명의 수적까지 대가리가 깨지고 나자 그가 말했다.

"어디의 누구시오?"

"……."

추이는 곤을 타고 흘러내리는 피를 털어 내며 공손합을 바라보았다.

공손합은 말했다.

"그렇군. 어디의 누구신지는 묻지 않겠소. 나도 부하들의 죽음에 대한 것은 여기서 묻어 두지."

"……."

"그러니 이만 서로 갈 길 갑시다. 어떻소?"

공손합은 눈치가 빠른 사람이었다.

그는 추이가 차 한 잔 마실 시간도 되지 않을 동안 스물한 명을 피떡으로 만드는 것을 똑똑히 지켜보았다.

공손합은 조심스럽게 말을 이었다.

"내 부하들은 삼류도 되지 못할 놈들이오. 무공을 익혔다고는 하나 서과(西瓜)의 겉이나 몇 번 핥았을까. 솔직히 나도 마음만 먹으면 저놈들 쯤이야 일다경 안에 도륙 낼 수 있소이다."

추이가 한 것은 공손합도 할 수 있다.

그러니 공손합은 말하고 있는 것이다.

"우리 둘이 싸우게 되면 필히 한쪽은 죽을 것이나, 다른 한쪽의 몸도 성하지는 못할 것이오. 그러니 서로 소모전은 피하는 것이 좋지 않겠소? 그대는 우리가 파시를 습격해서 불쾌했고, 나는 그대가 내 부하들을 도륙 내어서 불쾌하니, 이대로 서로 퉁칩시다."

공손합은 조곤조곤한 목소리로 말했다.

이에 추이가 짧게 대답했다.

"물 위에서 사는 수적들이라 그런가."

"……?"

"물에 빠져도 주둥아리만 동동 뜨겠구나."

추이는 곧 끝을 세웠다.

그러고는 까닥까닥 움직였다.

"필히 죽는 쪽은 네가 될 터이고, 이쪽의 몸이 성할지 성하지 않을지, 내기할까?"

"하룻강아지 놈이 범 무서운 줄 모르는군. 후회하게 될 것이다."

공손합이 박도를 뽑아 들었다.

부우웅—

박도는 초승달 모양의 궤적을 그리며 추이의 목을 노렸다.

그러나.

따-앙!

추이는 곤을 휘둘러 박도의 칼날을 때렸고 그 찰나의 순간에 내력을 흘려보냈다.

"……! ……! ……!"

손으로 전해져 오는 반탄력에 공손합은 박도를 놓쳐 버렸다.

풍덩!

박도는 강물 아래로 가라앉았다.

공손합은 이를 악물고 뒤로 물러났다.

보지 않아도 알 수 있었다.

방금 교환한 일합에 오른손의 손목뼈가 아작이 났음을.

'절정고수!'

일류의 경지인 자신을 일합에 꺾어 놓을 수 있는 이가 흔할까.

공손합은 추이의 힘을 이제야 느낄 수 있었다.

그는 덜덜 떨리는 오른손 손목을 움켜잡고는 뒤로 연신 물러났다.

그리고 자신을 물끄러미 바라보고 있는 추이와 시선을 마주하게 되었다.

사사사사사사······

강물 위를 스치는 바람 소리가 유난히 크게 들렸다.

얼굴을 가리고 있는 검은 머리카락 사이로 보이는 붉은 눈.

그것을 본 공손합은 저도 모르게 마른침을 꿀꺽 삼켰다.

고수들에겐 본능이란 것이 있다.

칼밥을 먹고 살아가는 무림인들 사이에서는 이 본능이 얼마나 예리한가에 따라 목숨줄의 길이가 달라진다.

공손합은 자신의 본능이 예민함을 알고 있었고 또 그만큼 그것을 믿었다.

그렇기에 지금까지 수많은 생사의 기로에서 모두 생문(生門)을 골라 살아남을 수 있었던 것이다.

그리고 지금, 자신이 그토록 믿는 본능이 절박하게 소리치고 있었다.

도망치라고. 뒤도 돌아보지 말고 달아나라고.

······하지만 어디로 도망칠 것인가?

이곳은 파시다.

뭍이 아니라 물 위에 형성된 시장이기에 도망칠 곳이 없다.

'빈다고 해서 살려 줄 놈은 아닌 것 같고······.'

결국 공손합은 선택했다.

후다닥─

그는 재빨리 배로 뛰어가더니 갑판에 있던 밧줄을 당겼다.

그러자 갑판 위로 폭죽 몇 개가 쏘아졌다.

퍼퍼퍼펑!

공손합은 자신을 향해 걸어오고 있는 추이를 돌아보았다.

"곧 내 부하들 모두가 이쪽으로 오게 될 것이다. 그뿐이냐? 이곳에는 지금 천두(千頭)님이 와 계시거든. 지금이라도 도망치는 편이 좋을걸?"

"너를 더 빨리 죽이면 된다."

"흐흐흐. 그게 쉬울까?"

순간, 공손합이 번개같이 움직였다.

그는 옆에 있던 벽리연의 뒷덜미를 잡아챘고 품 안에 넣어 놨던 단도를 꺼내 그녀의 목에 들이밀었다.

"자. 한 발자국만 더 다가와도 이 꼬맹이는 죽는다."

"……."

공손합은 벽리연의 목에 칼을 들이밀고 추이를 협박하고 있었다.

하지만 추이는 여전히 무표정했다.

"꼬마야. 미안하다."

추이는 겁에 질린 표정의 벽리연에게 무심한 어조로 말했다.

"너를 살리기 위해 수적들을 내버려 둘 수는 없다."

그러자, 공손합에게 잡힌 벽리연이 떨리는 목소리로 말했다.

"알아요. 엄마가 뭍에 갈 수 있게만 해 주세요."

"약속하지."

추이는 고개를 끄덕이고는 발걸음을 앞으로 내디뎠다.

공손합이 깜짝 놀라 외쳤다.

"뭐, 뭐 하는 거냐! 진짜 죽인다!"

"죽여."

추이가 또 한 발자국을 내딛자 공손합이 또 한 발자국을 물러났다.

"대신 이걸 알아라."

추이의 새빨간 시선이 공손합의 눈을 응시한다.

"그 아이를 죽인 대가로, 너는 이 세상에서 가장 끔찍한 꼴을 겪게 될 것이다."

"……."

"손가락 발가락 끝부터 시작하여 몸통만 남을 때까지 잘근 잘근 포를 떠 주마. 그리고 두 눈알과 이빨을 모두 뽑고, 귀와 코를 자르고, 혀를 불로 지질 것이다. 그리고 저 파시 사람들이 관리하는 돼지 축사에 넣어서 평생 죽지도 살지도 못하게 해 주지."

"……."

이례적으로 많은 말을 하는 추이의 목소리에는 여전히 아무런 고저가 없다.

하지만 그래서 오히려 더 현실감이 느껴지고 있었다.

더불어 추이에게서 느껴지는 무시무시한 기운.

정도의 무공도, 사도의 무공도, 마도의 무공도 아닌 듯한 압도적인 이질감이 공손합의 영혼을 옥죄여 온다.

공손합이 발악하듯 외쳤다.

"처, 천두…… 아니 채주님께서 가만있지 않으실 것이다. 아니, 사도련 전체가 가만있지 않을 거야!"

"사도련 전체가 움직이든 어쩌든, 너는 돼지우리에 들어가게 된다. 팔, 다리, 눈, 코, 입, 귀, 모든 것을 잃어버린 채로. 평생."

추이의 무심한 목소리에 공손합의 손이 덜덜 떨리기 시작했다.

이윽고, 그는 완전히 꺾여 버린 기세로 물었다.

"애, 애를 살려 주고 항복하면…… 나한테 어떻게 할 거냐?"

공손합의 질문에 추이는 어깨를 으쓱했다.

"그것은 내가 결정할 게 아닌 것 같군."

"……?"

멍한 표정의 공손합이 추이의 시선을 따라 고개를 돌리는 순간.

짜—악!

공손합의 뺨싸대기를 갈기는 손바닥이 있었다.

어리둥절한 표정의 공손합이 고개를 돌린 곳에는 벽리연의 어미가 서 있었다.

그녀는 공손합에게서 벽리연을 빼앗아 들며, 눈물 그렁그렁한 눈으로 말했다.

"꿇어 씨발아."

사망매화(死亡梅花)

검화(劍花) 남궁율.

그녀는 남궁세가의 최정예 '자월수색대'의 특작조를 이끌고 장강을 수색 중이었다.

수백 개의 폭포들로 이루어진 구당협곡의 상류에서 드넓은 억새 숲으로 이루어져 있는 하류까지.

남궁율과 자월특작조의 무사들은 장강의 큰 지류를 따라 수색에 박차를 가하고 있었다.

이윽고, 그들은 한 무리의 피난민들과 마주칠 수 있었다.

"저희들은 파시에서 장사를 하던 장사꾼들입니다."

생존자들은 사흘 전 파시에서 겪었던 일들에 대해 소상히 증언했다.

"장강수로채의 수적들이 무고한 이들을 죽이고 재물을 빼앗으려 할 때, 한 이름 모를 낭인이 저희들을 구해 주었습죠."

남궁율은 생존자들의 증언을 상세히 모았지만 의외로 별로 쓸 만한 것은 없었다.

대부분의 생존자들은 겁이 나서 머리를 땅바닥에 처박고 있느라 거의 본 것이 없었기 때문이다.

"검은색 창을 쓰는 솜씨가 아주 신출귀몰……."

"무슨 소리야. 창이 아니라 긴 채찍이었어!"

"채찍도 아니야. 긴 도끼였어. 그러니까 휘두를 때마다 수적들 대갈통이 펑펑 터져 나갔지!"

"아무튼 그 노인 덕분에 살 수 있었습죠."

"노인이 아니라 소년 아니었던감? 병아리 새끼마냥 고개를 처박고 있었어서 잘 기억이……."

"글쎄, 키가 구 척은 되었다니까요 분명히!"

"나중에는 막 청룡언월도를 휘두르면서 장강수로채의 수적들과 싸우는데, 어휴! 저는 천신이 강림한 줄 알았습니다요!"

"한번 칼을 휘두를 때마다 우르릉 쾅 소리가 났습죠."

"얼굴빛이 대추처럼 붉고 수염이 몸 길이보다 길었습죠!"

"캬─ 수적들을 모두 죽이고 나서 홀연히 상류를 향해 떠나는데 그 모습이 아주……."

"무슨 소리야. 수적들을 다 죽이고 나서 하류로 내려갔어!"

'이름 모를 낭인'에 대한 서술들은 생존자들마다 엇갈렸다.

남궁율은 손으로 이마를 짚었다.

'삼칭황천…… 대체 뭐 하는 작자이지?'

그가 조가장과 남궁세가에서 벌인 짓을 보면 정도를 걷는 무인이라고 하기 힘들어 보인다.

하지만 그는 분명 흑도방과 목숨 걸고 싸웠고 그들로 인해 고통받는 백성들을 구해 주었다.

또한 이번에는 장강수로채의 수적들에게서 무고한 백성들을 구출해 내기까지 했다.

정도를 걷는 문파, 혹은 관에서 나섰어야 할 일에 기꺼이 자신의 피를 흘리는 개인.

그들을 일컬어 세간에서는 '협객(俠客)'이라고 한다.

지금 삼칭황천이 보이고 있는 행보는 악적과 협객의 사이를 넘나드는, 실로 복잡미묘한 것이었다.

"……."

남궁율은 자신의 목을 한번 쓰다듬었다.

아직도 불그스름한 멍 자국이 남아 아릿한 느낌을 준다.

문득, 늑대가 으르렁거리는 듯하던 그의 목소리가 귓가에 아른거린다.

'지금부터 혈도를 짚을 것인데. 발버둥 치면 귀를 자르겠다.'

'앞으로 내 말을 끊으려 드는 놈이 있다면. 그 전에 먼저

이년의 며부터 끊어 놓고 보겠다.'

그때의 뜨거운 숨결을 떠올리자 남궁율의 귀가 벌겋게 달아올랐다.

"……아니야. 분명 악적이 맞아. 맞을 거야. 맞아야 해."

남궁율은 자신을 설득하듯 계속해서 되뇌었다.

순간, 옆에서 한 어린아이의 목소리가 들려왔다.

"악적 아니야."

남궁율이 고개를 돌린 곳에는 이제 막 예닐곱 살이나 되었을 법한 소녀가 눈을 또랑또랑하게 뜨고 있었다.

"거지 오빠는 악적 아니야. 착해."

"……?"

남궁율은 소녀의 말이 무슨 뜻인지 몰라 그저 미간을 가볍게 찡그릴 따름이었다.

바로 그때.

"……아가씨. 저쪽에서 뭔가가 다가옵니다."

자월특작조의 검수 하나가 남궁율에게 다가와 속삭였다.

"?"

남궁율은 억새밭 너머를 향해 목을 길게 뺐다.

사사사사사사사삭……

한 줄기 검은 바람이 일어 억새들을 꺾어 놓는다.

흑의를 걸친 한 떼의 무림인들이 이쪽을 향해 접근해 오는 것이 보였다.

놀랍게도 그녀가 아는 얼굴들이었다.

"무림맹?"

남궁율은 의아한 표정을 지었다.

지금 이쪽을 향해 경공을 써서 달려오는 이들은 모두 무림맹의 무인들이었다.

그리고 지금 그들의 맨 앞에서 달리고 있는 이는 남궁율도 익히 하는 얼굴이다.

정도십오주의 하나인 '화산파'의 매화검수.

동시에 무림맹 등천학관의 교관이기도 한 그의 이름은 비무극(費無極)이었다.

이윽고, 남궁율과 비무극은 억새밭의 한가운데에서 서로를 마주하게 되었다.

등천학관의 생도인 남궁율이 교관인 비무극에게 먼저 인사했다.

"화산파의 낭와진인을 뵙습니다."

"오랜만이구나."

낭와진인 비무극은 딱딱한 태도로 남궁율의 인사를 받았다.

그는 눈이 작고 코가 크고 날카로웠으며 입술이 얄팍하여 표정으로 속내를 읽기가 힘든 자였다.

남궁율이 이끌고 있는 자월특작조는 열두 명.

비무극이 이끌고 있는 무림맹의 무인들 역시도 열두 명이었다.

비무극이 남궁율에게 물었다.

"여기서 무얼 하고 있었느냐?"

"방학기를 맞이하여 본가에 잠시 내려와 있는 중입니다. 한데 개인적으로 해결할 일 하나가 생겨서 그것을 처리하고 난 뒤 학관으로 복학할 생각이었습니다."

"그렇군."

고개를 끄덕인 비무극이 말을 이었다.

"우리는 지금 무림공적을 뒤쫓고 있는 길이다."

"……!"

남궁율의 눈이 커졌다.

비무극은 옷소매로 땀을 닦으며 말을 계속한다.

"사매를 간살(奸殺)하고 달아나 마교에 귀의하려는 악적의 위치가 특정되었다. 바로 이 근방이지."

"'사망매화(死亡梅花)'를 말씀하심이군요."

"그렇다. 본디 대외비인 정보이나…… 현재 천라지망에 구멍이 생겨 그것을 급히 막아야 함이야. 무당이 힘을 빌려 준다고는 했으나, 지금 당장 손 하나가 아쉬운 실정이다."

비무극이 남궁율에게 말했다.

"혹시 여건이 된다면 남궁세가의 힘을 조금 빌릴 수는 없겠느냐?"

"본가의 허락을 받지 않고서는 어렵습니다. 이것은 제 조부님께서 명하신 일인지라……."

"그런가. 검왕 선배께서 명하신 일인가. 그렇다면 어쩔 수 없는 일이지."

비무극은 고개를 돌렸다.

그리고 지쳐 보이는 무림맹의 무사들에게 말했다.

"이 악적은 화산이 배출한 것이니 화산의 손으로 처단해야 한다. 무고한 이들의 피가 흐르기 전에 서둘러야 할 것이다."

비무극은 그 말을 남기고는 쏜살같이 하류를 향해 달렸다.

그의 허리에 매달린 칼집의 끝에 여섯 개의 매듭이 지어진 끈이 팔랑거리고 있었다.

무림맹의 무사들 역시 비무극을 따라 강의 하류로 뛰어갔다.

한편, 자월특작조의 또 다른 무사가 남궁율에게 말했다.

"어차피 저희도 하류로 가야 합니다. 목표의 흔적이 파시가 열렸던 곳을 지나 하류로 연결되어 있으니까요."

"으음."

남궁율은 생각에 잠겼다.

방금 지나간 저 무림맹의 추격대는 현재 '사망매화'라는 무시무시한 무림공적을 뒤쫓고 있다.

그는 같은 사문의 사매를 간살한 뒤 마교로 넘어가려고 하는 악질적인 색마로, 무림맹에서 천라지망까지 풀어 잡으려 드는 대상이었다.

남궁율이 물었다.

"얼마 전, 파시에서 장강수로채의 백두를 참살한 이가 사망매화일 가능성은?"

"단언하기는 힘들지 않을까요. 두 악적의 행보가 어느 정도 겹치고 있으니 직접 만나 보지 않으면 알 수 없을 것 같습니다."

자월특작조의 의견을 종합한 남궁율은 고개를 끄덕였다.

"일단 가는 길이 같으니 뒤쫓아 가자. 다만 사망매화를 우리 쪽에서 먼저 발견하게 되었을 시에는 굳이 교전하지 말고 무림맹에 따로 기별을 넣도록 하는 게 좋겠어."

남궁율의 말에 자월특작조의 무사들 역시도 고개를 끄덕였다.

이윽고, 그들은 먼저 지나갔던 무림맹의 무사들을 뒤쫓기 시작했다.

목표는 구당협곡의 하류였다.

하류.

이곳에 흐르는 강 이름은 율(溧)이다.

장강으로 흘러드는 수없이 많은 지류들 중의 하나였다.

급격히 흐르던 물살도 이곳에서는 한껏 누그러진 태도를 보인다.

자신이 품고 온 퇴적물들을 한 곳에 쌓아 놓으며 너그러이 굽이지는 물 건널목.

그곳에는 끝도 없이 펼쳐진 억새밭이 있었고 군데군데 무른 진흙언덕이 솟아올랐다.

"……."

추이는 한 묘 앞에 우두커니 서 있었다.

억새와 잡초 들이 너무 많이 자라 있어서 언뜻 보고 있으면 무덤이라는 생각조차도 들지 않는 곳.

[伍奢之墓]

다만 세월에 깎인 비석 하나만이 이 무덤의 주인이 누구인지 알려 주고 있을 뿐이다.

쪼르륵―

추이는 파시에서 얻어 온 술잔 하나에 죽엽청을 따랐다.

그리고 바싹 마른 아귀포 하나를 무덤 앞에 내려놓았다.

추이는 무덤에 난 풀들을 다 뽑아낸 뒤 그 앞에서 절을 두 번 올렸다.

그리고 무덤가에 한동안 앉아 있으려니.

파사삭―

뒤쪽의 억새들이 바람에 한번 몸을 누인다.

이윽고, 한 명의 사내가 모습을 드러냈다.

"……."

추이는 그를 돌아보지 않았지만 그는 추이를 빤히 바라보고 있었다.

산발이 된 흑발이 귀신의 것처럼 나부꼈고 옷으로는 다 떨어진 회색의 법의를 걸쳤다.

오른쪽 팔 아래에는 투박한 장검 하나가 메여 있었으되, 왼쪽 팔이 있어야 할 곳에는 그저 옷소매만 펄럭이고 있을 뿐이었다.

낯선 사내는 묘 앞에 있는 죽엽청과 아귀포를 바라보며 물었다.

"묘를 왜 이런 곳에다가 썼소?"

"모른다."

추이는 짤막하게 대답했다.

그러자 낯선 사내가 의아하다는 듯 한번 더 되물었다.

"아는 사람의 묘가 아니오?"

"모르는 사람이다."

"그런데 왜 제를 올리고 있소?"

그의 물음에 추이는 여전히 짧게 대답했다.

"아무도 찾지 않는 곳에 혈혈단신으로 누워 있는 것이 딱해서. 그뿐."

"그런가."

낯선 사내는 눈을 몇 번 끔뻑거리더니 엉거주춤 걸어와 추이의 옆에 섰다.

"그럼 나도."

그는 추이의 옆에 꿇어앉아서 묘를 향해 두 번의 절을 올렸다.

이윽고, 외팔이 사내는 무덤 앞에 놓인 죽엽청과 아귀포를 바라보며 말했다.

"낯선 무덤에 제를 지내 주는 마음이 참으로 의롭군. 그 의기는 충분히 보답받아야 하는 것일세."

그는 말을 마치고는 허리춤에 매여 있는 장검을 들어 추이에게 내밀었다.

"받게. 능히 백금(百金)의 값어치가 있는 보검이야."

하지만, 추이는 그가 내미는 보검을 쳐다보지도 않았다.

"내가 백금의 보검을 받아들 사람이었다면 그 전에 당신의 목을 잘라서 천금(千金)의 현상금을 받았겠지."

"……!"

순간, 외팔 사내의 표정이 딱딱하게 굳었다.

추이는 묘를 똑바로 응시하며 말했다.

"사망매화 오자운(伍紫雲). 칼을 뽑아라."

"……"

외팔 사내는 여전히 묘를 응시하고 있었다.

다만.

스릉―

그가 잡고 있던 장검의 날이 검집에서 조용히 뽑혀 나올 뿐이다.

…턱!

추이 역시도 묘를 응시한다.

다만 오른손으로는 곤을 단단히 잡고 있는 채였다.

바로 그 순간.

"여기 살아 있는 놈들이 있다!"

묘 너머의 억새밭에서 고함 소리가 들려왔다.

그리고 이내, 수많은 발소리가 들려오기 시작했다.

"공손 두령의 원수를 갚자!"

"파시에서 살아남은 놈들은 모두 뒤쫓아 죽여!"

"천두님의 명령이시다! 백두님을 죽인 놈들을 어떻게든 찾아내!"

"이 새끼들, 장강수로채에게 덤빈 것을 죽어서도 후회하게 만들어 주마!"

죽은 공손합이 쏘아 보낸 신호탄이 장강수로십이채의 수적들을 불러 모은 것이다.

강변에 작은 배 십수 척이 정박했다.

일흔 명이나 되는 수적들이 창칼로 무장한 채 살기 어린 눈을 번뜩이고 있었다.

그들은 공손합이 죽기 직전 쏘아 보낸 신호탄을 보고 온

자들이었다.

"분명히 적색 신호탄이었지?"

"그래. 일렬로 쭉 밀고 가면서 눈에 띄는 건 모조리 죽이라는 뜻이다."

"산 놈들이고 죽은 놈들이고 모두 죽이고 또 죽여라."

수적들은 눈 깜짝할 사이에 억새밭을 장악했다.

하지만.

그럼에도 불구하고 묘 앞에 무릎 꿇고 앉아 있는 두 남자는 별다른 반응을 보이지 않고 있었다.

대화는 잔잔하게 이어진다.

"우리 아버지와는 무슨 관계인가?"

"무관계."

"그런데 어떻게 알고 여기를 찾아왔지?"

"우연히."

"죽엽청과 아귀포는 우리 아버지가 제일 좋아하던 것들인데?"

"내가 좋아하는 것들이기도 하다."

"그 말을 나보고 믿으라고?"

"딱히 믿으라고 한 말은 아니고."

주변 상황은 전혀 아랑곳하지 않은 채 대화를 나누는 두 남자.

실로 방약무인(傍若無人) 그 자체라 할 만한 상황이었다.

수적들이 칼을 빼 들고 묘를 향해 달려왔다.

"이 겁대가리 없는 새끼들! 쳐 죽여 주마!"

한 수적이 참마도를 휘두르며 덤벼든다.

키가 칠 척을 넘어 무려 팔 척에 육박하는 거구였다.

하지만.

…사뿍!

외팔 남자, 사망매화가 칼을 뽑아 휘둘렀다.

허공에 그어진 붉은 실선이 다섯 장의 꽃잎을 그려 낸다.

사람의 목이 절반쯤 떨어져 나가며, 힘차게 뿜어져 나온 피가 붉은 매화처럼 꽃피었다.

동시에 추이 역시도 곤을 들었다.

빠―각!

허공으로 뛰어올라 창을 내리찍으려던 수적의 머리통이 그대로 박살 나 산산조각으로 흩어졌다.

쿵― 쿵―

목 베인 시체와 머리가 터져 나간 시체가 동시에 땅에 거꾸러졌다.

수적들의 표정이 딱딱하게 굳었다.

"뭐, 뭐야 이 새끼들?"

"제기랄! 다 죽여! 쪽수로 밀어붙여라!"

"어차피 붉은 폭죽이 터진 이상 후퇴란 없다!"

"후퇴했다간 공손 백두한테 잡혀 죽는다구!"

칠십 개가 넘는 창칼이 추이와 사망매화를 덮쳤다.

그러나 두 남자의 대화는 여전히 잔잔하여 물이 흐르는 듯, 조금도 끊기지 않는다.

"자네는 어디 가는 길이었나?"

사망매화가 내리긋는 칼끝에서 두 송이째의 혈매화(血梅花)가 피었다.

어김없이 수적 하나의 목이 꽃의 거름이 되었다.

추이는 곤을 휘두르며 대답했다.

"하남."

말이 끝나기 무섭게 수적 하나의 머리통이 빡 터져 나가듯 깨졌다.

사망매화가 세 송이째의 매화를 그려내며 말했다.

"화산파 근처로군. 거긴 왜 가나?"

도끼를 휘두르던 수적의 양팔이 잘려 나가며 발생한 피 안개에 허공이 시뻘겋게 물들었다.

추이는 품에서 망치를 꺼내 들며 대답했다.

"복수하러."

활을 쏘려던 수적의 입안에 추이가 던진 망치가 꽂혔다.

이빨은 물론 위턱과 아래턱의 뼈가 모조리 가루가 되었음은 물론이다.

사망매화가 네 송이째의 매화를 흩뿌렸다.

"누구의 복수지?"

비수를 던지려던 수적의 전신이 두 조각으로 깨끗하게 갈라졌다.

추이는 진흙뻘 위에 마름쇠를 뿌렸다.

"스승뻘 되는 사람."

달려오던 수적들이 마름쇠를 밟고 발바닥부터 발등까지 관통당한다.

사망매화의 칼끝이 다섯 송이째의 매화를 그려 냈다.

"스승이면 스승이지, 스승뻘 되는 사람은 뭔가?"

허리가 잘려 나간 수적의 상반신 아래로 내장들이 쏟아져 내렸다.

추이는 곤을 들어 정면에 있는 수적 하나의 배를 관통해 버렸다.

"세상에는 딱 잘라 정의할 수 없는 관계도 있는 법."

추이의 곤에 맞은 수적의 배에 구멍이 뻥 뚫려 버렸다.

사망매화는 여섯 송이째의 매화를 어루만진다.

"그래서. 그 스승이 누구지?"

그것은 활에 화살을 걸던 수적들의 가슴팍에서 연달아 아름답게 피어났다.

추이는 곤을 바닥에 대고 횡으로 길게 휘둘렀다.

"알 것 없어."

진흙 속에 파묻혀 있던 돌조각들이 세차게 비산하여 전면에 있는 수적들의 머리통을 후려쳤다.

이윽고. 사망매화가 일곱 번째 매화를 피워 냈다.

"……."

꽃잎 다섯 장을 가진 아름다운 매화.

일곱 번째 꽃송이.

그것이 추이를 향해 곧장 떨어져 내렸다.

"……."

동시에 추이 역시도 곤을 휘저었다.

곤은 한 마리 흑룡처럼 회오리를 그리며 주변의 억새들을 사납게 찢어발긴다.

따-앙!

추이의 곤 끝과 사망매화의 칼끝이 한데 부딪쳤다.

칠십 명에 달하던 수적들이 모조리 죽어 나자빠진 전장 위에서, 두 남자는 서로 맹렬하게 뒤엉켰다.

땅! 따-앙! 까가가가가가각!

추이가 휘두르는 곤의 표면을 사망매화의 칼이 긁어 내려오며 무수한 불똥을 빚어낸다.

"퉤-"

입안을 깨물어 피를 낸 추이가 사망매화의 눈을 향해 침을 뱉었다.

핏-

사망매화는 칼등으로 추이의 침을 걷어 냈고 그대로 꽃송이를 한 떨기 더 그려 낸다.

혈향과 더불어 진한 매화향이 퍼져 나가고 있었다.

추이는 자신의 코끝을 스치고 지나가는 사망매화의 칼끝을 응시하며 말했다.

"과연 매화검수로군."

"……."

그러자 사망매화의 표정이 일그러졌다.

본디 '매화검수'란 매화검법의 극의를 깨친 화산파의 검호들을 일컫는다.

칼을 한 번 휘둘러 최소 네 송이 이상의 매화꽃을 동시에 그려 낼 수 있는 경지.

모든 화산의 무인들이 꿈꾸며 수련하는 경지가 바로 매화검수인 것이다.

하지만.

"그따위 역겨운 말로 나를 부르지 마라."

사망매화는 이 영예로운 호칭에 분노를 느끼고 있었다.

물론 추이는 그 이유를 잘 알고 있다.

"화산의 이름이 부담스럽나?"

"……."

"사매를 간살하고 마교에 투신하러 가는 길이라서?"

"……!"

순간, 사망매화의 눈이 뒤집혔다.

그의 눈에서 무시무시한 살기가 뿜어져 나오며, 자그마치 일곱 개나 되는 매화꽃이 추이의 전방을 아득히 뒤덮었다.

하늘을 온통 꽉 채운 꽃잎의 비를 바라보며 추이는 순수하게 감탄했다.

사망매화 오자운.

천라지망에 걸려 한쪽 팔을 잃어버린 외팔이 매화검수.

수없이 많은 추격대에게 쫓기며 제대로 먹지도, 자지도 못한 채 이 정도 실력이라니.

추이는 밀려드는 매화 향에 정면으로 맞서지 않고 몸을 측면으로 틀었다.

…피피피핏!

옷깃이 여러 조각으로 찢어져 나부낀다.

매화꽃은 한 송이당 다섯 개의 꽃잎을 가졌다.

그런 매화꽃이 무려 일곱 송이.

무려 서른다섯 장이나 되는 꽃잎이 추이를 뒤쫓아온다.

도저히 외팔이라고는 믿기 힘들 정도로 빠르고 정교한 칼솜씨였다.

"많군."

추이는 환검(幻劍)과 난검(亂劍)이 뒤섞여 있는 꽃잎의 파도를 향해 곤을 치켜들었다.

콰—앙!

위에서 아래로 내리찍힌 곤이 진흙바닥을 통째로 뒤집었다.

억새와 진흙의 파도가 일어나 아름다운 매화 송이들을 집어삼킨다.

그러나.

콰지지지지지지지지직!

사망매화가 피워 내는 매화꽃은 단지 아름답기만 한 것이 아니라 강하고 흉폭하기까지 했다.

억새와 진흙들은 매화꽃에 닿자마자 갈가리 찢겨 나가며 사방팔방으로 튕겨 나갔다.

추이는 검붉게 흐드러지는 꽃송이들 속에서 사망매화의 그림자를 빠르게 뒤쫓았다.

'매화혈우(梅花血雨), 매화토염(梅花吐艶), 매향침골(梅香浸骨), 매유청죽(梅遊靑竹), 매화접무(梅花蝶舞), 매인설한(梅忍雪寒), 매향취접(梅香醉蝶), 매화로방(梅花路傍), 매화낙락(梅花落落), 매개이도(梅開利導), 매화낙섬(梅花落暹), 낙매분분(落梅紛紛), 낙매성우(落梅成雨), 매화구변(梅花九變), 매화만개(梅花滿開), 매화인동(梅花忍冬), 매향성류(梅香成流), 매화점점(梅花漸漸), 매화난만(梅花爛漫), 매영조하(梅影造河), 매화점개(梅花漸開), 매화빈분(梅花頻紛), 그리고 다시 매화혈우(梅花血雨), 매화토염(梅花吐艶), 매향침골(梅香浸骨), 매유청죽(梅遊靑竹), 매화접무(梅花蝶舞)…….'

수없이 나부끼는 정석과 변칙, 그리고 실초(實招)와 허초(虛招)들 사이에서, 추이는 매화꽃 뒤에 숨은 매화검수를 정확히 찾아냈다.

쉬이이익!

추이가 내지르는 곤이 시커먼 독사처럼 날아들어 사망매화의 허리를 베어 물었다.

"헉!?"

사망매화는 황급히 꽃잎을 뿌려 추이의 곤을 튕겨 냈으나 궤도가 꺾인 곤 끝에 허벅지를 스치는 것만은 피할 수 없었다.

…철푸덕!

추이의 곤에 스친 사망매화는 그대로 진흙탕 위를 나뒹굴게 되었다.

그 빈틈을 추이가 놓칠 리가 없다.

부웅―

또다시 위에서 아래로 내리찍히는 곤이 사망매화의 어깨를 내리찍었다.

까―앙!

사망매화는 황급히 칼을 들어 올렸으나 팔 하나의 힘만으로는 추이의 곤에 실린 무게를 온전히 막아 낼 수 없었다.

"큭!"

허벅지와 어깨를 맞은 사망매화가 나려타곤의 수로 물러났다.

이미 온몸이 진흙범벅인 데다가 곤에 맞은 상처가 욱신거린다.

추이는 느긋한 걸음으로 다가와 그의 앞에 섰다.

사망매화가 미간을 찡그렸다.

그러고는 텅 빈 자신의 왼쪽 어깨를 턱짓으로 가리켰다.

"내 왼팔이 제대로 붙어 있었다면 지금쯤 진흙탕에 구르고 있는 것은 자네 목이었을 걸세."

"근데 안 붙어 있군."

"……."

사망매화가 추이에게 무어라 말하려는 순간.

…펑! …펑!

하늘에서 폭죽 두 개가 터졌다.

청색과 황색.

그것을 본 사망매화의 표정이 딱딱하게 굳었다.

순간, 추이의 입이 열렸다.

"청색은 발견, 황색은 포위의 신호. 무림맹의 개들이 왔나."

"……자네가 그걸 어떻게?"

사망매화가 제대로 묻기도 전에, 억새밭에 새로운 바람이 일었다.

사사사사사사사사삭—

검은 옷을 입은 무림맹의 추격조들이 왼쪽으로 접근해 오기 시작했다.

사사사사사사사삭—

오른쪽으로 다가오는 이들은 푸른 옷을 입고 있었다.

남궁세가의 자월특작조였다.

"사망매화, 삼칭황천, 둘이 한자리에 있는 것 같습니다!"

"장강수로채의 수적들이 같은 자리에 대거 죽어 있습니다!"

"삼파전(三巴戰) 중이었던 것으로 보입니다!"

사망매화는 눈을 가늘게 뜬 채 포위망을 구성하고 있는 면면들을 살폈다.

그러고는 추이를 향해 시선을 흘끗 돌린다.

"화산파의 도사들은 나를 쫓아온 것이고, 남궁의 엽견들은 살짝 뜬금없군. 자네가 몰고 온 건가?"

"……."

추이는 곤을 가로로 뉘여 양어깨에 짊어진 뒤 두 손을 걸쳐 놓았다.

꽤 태연한 기색이었다.

사사사삭─

포위망이 좁혀 오는 것이 느껴졌다.

아까 전에 수적들이 만들었던 포위망 따위와는 감히 비교조차 할 수 없는 기세였다.

저 멀리 억새숲 사이로 먹이를 노리는 맹수들의 눈동자가 형형색색으로 타오르는 것이 보인다.

그때, 사망매화가 말했다.

"오월동주(吳越同舟)라. 피차 쫓기는 처지 같은데. 어떤가?"

그는 뒤쪽 강변에 놓인 십수 척의 배를 가리키고 있었다.

수적들이 타고 왔던 것들이었다.

끄덕─

추이가 고개를 주억거리자마자 사망매화는 뒤돌아 뛰었다.

그가 가장 가까이 떠 있는 배를 향해 뛰어오르는 순간.

오싹—

뒤에서 서늘한 감각이 느껴졌다.

"이런 미친!?"

사망매화가 황급히 고개를 돌렸으나.

뻐—억!

이미 추이가 사망매화의 뒤통수를 곤으로 후려친 뒤였다.

…철푸덕!

사망매화는 한번 더 진흙뻘에 얼굴을 처박았고, 이번에는 다시 일어나지 못했다.

추이는 그런 사망매화의 뒷덜미를 잡아 들어 올리고는 어깨에 걸쳤다.

"곤귀도 이 수에 당했다네."

나직한 목소리로 중얼거린 추이는 곤을 들어 옆에 정박되어 있는 배들을 연달아 때려 부쉈다.

콰콰콰콰쾅!

곤 끝에서 뻗어 나간 붉은 기운이 배들의 허리에 커다란 구멍을 내 놓았다.

추이는 자신이 탈 배 하나를 남겨 놓고는 그 위에 올라탔다.

그때, 무림맹과 남궁세가의 무사들이 간발의 차이로 강변을 덮쳤다.

"아앗! 배로 도망칩니다!"

"안 돼! 반드시 잡아야 한다!"

"강을 건너게 두면 절대 안 돼!"

하지만 추이는 이미 노를 저어 저 멀리 가고 있다.

"……제길!"

남궁율이 목표를 놓쳤다는 생각에 이를 악물고 있을 때.

퍼퍼퍼퍼펑!

맹영진인 비무극이 쏜살같이 달려와 수면 위를 박찼다.

수상비(水上飛)의 경지에 닿아 있는 절정의 경신술이 펼쳐
졌다.

…펑! …펑! …펑! …펑! …펑!

비무극은 마치 물 위를 달리는 물수제비처럼 뛰어올라 뱃
전을 향해 손을 뻗었다.

그러나.

촤아아아아악!

노로 쓰이던 추이의 곤이 수면 위를 박차고 올라오는 바람
에 비무극은 배를 붙잡지 못했다.

까-앙!

비무극은 뱃전을 붙잡는 대신 칼을 뽑아서 추이의 곤을 막
아 냈다.

"이놈이 감히 무림공적을 돕겠다는……!?"

비무극은 곧바로 연격을 이어 가려 했으나 그것을 실행으

로 옮기지는 못했다.

　……

물보라 사이로 번뜩이는 추이의 눈을 마주하는 순간, 모골을 송연하게 만드는 위화감이 그의 전신 근육을 뻣뻣하게 굳혀 놓았기 때문이다.

오싹─

등골에 타오르는 소름과 함께, 비무극은 곧장 몸을 뒤로 물렀다.

'……방금 뭐였지?'

피도 눈물도 없는 냉혹한 추격자에게도 식은땀은 흐르는가.

하지만 오래 생각할 시간이 없었다.

칼과 곤이 부딪치며 생겨난 반탄력으로 인해 배는 더더욱 앞으로 나아갔고, 비무극은 뒤로 훨훨 날아가 그대로 강변까지 후퇴해야만 했다.

"빌어먹을!"

착지를 잘못하는 바람에 하반신이 온통 물에 젖은 비무극.

그가 씩씩거리는 동안 추이가 탄 배는 벌써 강물을 따라 떠내려가고 있었다.

"쫓아라! 율강은 유속이 느리다!"

남궁율의 재빠른 대처에 의해 추격대가 또다시 움직이기 시작했다.

어느덧 저 앞으로 호북성의 긴 성벽이 보이고 있을 무렵이었다.

⁂

남궁율.

그녀는 억새밭이 끝나는 지점에서 발걸음을 멈췄다.

강이 끝나 가는 최하류.

그곳에는 높은 바위들이 골짜기를 이루며 서 있고 그 사이
사이로 자갈들이 깔려 있다.

자월특작조의 사냥개들이 암초 사이에 끼어 있는 배 하나
를 발견했다.

"찾았습니다!"

보고는 남궁율의 옆에 서 있었던 비무극에게도 들어갔다.

"보자."

비무극이 난파되어 있는 배로 다가갔다.

암초에 부딪쳐 걸레짝이 된 배는 간신히 형태만 유지하고
있는 상태였다.

좌악—

무림맹의 무사들이 자갈 바닥 위를 흐르고 있는 수류 사이
에서 두 구의 시체를 건져 왔다.

"삼칭황천과 사망매화입니다."

시체가 자갈밭 위에 깔렸다.

검시관들이 두 구의 익사체를 면밀히 조사하기 시작했다.

남궁율은 퉁퉁 불어 있는 시체에게서 눈을 돌렸다.

구역질이 나려는 것을 간신히 참은 채, 그녀가 물었다.

"확실한가?"

자월특작조의 무사가 천천히 고개를 끄덕였다.

"작은 키의 남자는 칼에 의해 목이 잘렸고, 큰 키의 남자는 둔기에 의해 두개골이 산산조각 났습니다. 둘 다 물 밑 비슷한 위치에 가라앉아 있었던 것으로 보아 한 배 위에서 싸우다가 동귀어진한 것 같군요."

"……"

남궁율은 그 말을 듣고 다시 한번 시체를 확인했다.

허옇게 퉁퉁 불은 두 구의 시체.

물속의 바위와 자갈들에 온통 부딪치고 쏠린 데다가 하류에 서식하는 큰 물고기들에게 뜯어먹혔는지 너무나도 처참한 몰골이다.

뼈도, 살도, 내장도, 가죽도, 터럭도, 뭐 하나 온전한 것이 없는 목불인견(目不忍見)의 참상이었다.

남궁율은 생각했다.

'삼칭황천은 곤을 쓰고 사망매화는 칼을 쓰니, 시체들의 사인(死因)을 고려하면 정황상 이 둘이 맞을 것 같기는 해. 무기들이야 무거우니 물 밑으로 가라앉았을 것이고. 하지만 뭘까…… 이 찜찜함은.'

하지만.

"이것들은 눈속임이다."

비무극은 냉철한 시선으로 감시(監尸)한다.

그는 악취가 풍겨 오는 시체를 눈으로 핥듯 내리훑었다.

허옇게 불어 터진 살점, 실타래처럼 풀어진 근육, 흐물흐물 쏟아져 나온 내장, 조각난 뼈…….

비무극은 차갑고 딱딱한 목소리로 말을 이었다.

"우선 팔뼈의 굵기가 다르다. 다리뼈도 영양 부족으로 인해 휘어져 있고. 또 근육에 상처가 생겨난 뒤 아물며 오그라든 모양도 확연한 차이를 보이는군. 삼칭황천은 모르겠다만, 적어도 이 시체는 사망매화가 아니야. 아마 난전 중에 죽은 장강수로채의 수적들 중 하나겠지."

"잘 아시는군요."

"당연하다. 사망매화는 한때 나와 동고동락하던 사형제였으니까."

남궁율의 감탄에 비무극은 별일 아니라는 듯 고개를 들었다.

"가정할 수 있는 상황은 둘. 첫째는 사망매화가 삼칭황천을 죽인 뒤 동귀어진한 것으로 꾸미기 위해 수적의 시체와 짝지어 놓았다는 것. 어떻게 생각하나?"

"……."

비무극의 말에 남궁율은 한동안 골똘히 생각했다.

'지금부터 혈도를 짚을 것인데. 발버둥 치면 귀를 자르겠다.'

'앞으로 내 말을 끊으려 드는 놈이 있다면. 그 전에 먼저 이년의 멱부터 끊어 놓고 보겠다.'

자신의 목을 단단히 휘감아 조르던 팔.

야생의 늑대와도 같던 그 무시무시한 야성.

그런 남자가 이리 쉽게 죽어 나자빠져 있을 것 같지는 않았다.

상대가 제아무리 무시무시한 무림공적이라고 할지라도.

"저도 이 시체는 삼칭황천의 것이 아닌 것 같습니다."

"그러하냐."

남궁율의 대답을 들은 비무극이 고개를 끄덕였다.

"너는 학관에서도 항상 우수했던 생도였지. 네 판단을 존중하마."

"감사합니다."

"그렇다면 가정할 수 있는 두 번째 상황이 한층 더 최악이 되는군."

비무극은 수염을 쓰다듬으며 끙 하고 침음을 삼켰다.

그러고는 무거운 어조로 말을 이었다.

"둘째는 삼칭황천과 사망매화가 둘 다 아직 살아 있으며…… 손을 잡았다는 것. 이건 어떻게 생각하나?"

어떻게 생각하고 말 것도 없다.

무림맹과 남궁세가의 무사들의 표정을 한층 더 어둡게 만드는 가정이었다.

⁂

강이 완전히 끝나는 지점.

동시에 울창한 숲이 시작되는 곳.

추이는 그곳에서 모닥불을 피운 채 야영 준비를 하고 있었다.

수적 둘의 시체를 자신과 사망매화의 것처럼 꾸며 놓기는 했으나 그것은 추격조의 시간을 허비시키기 위한 얕은 함정에 불과하다.

불과 한나절도 채 지나지 않아 그들은 이곳까지 추격해 올 것이다.

만약 추격조에 유능한 자가 있을 경우 반나절이 채 안 걸릴 수도 있고.

보글보글보글보글……

대나무 마디를 깎아 만든 그릇에 물이 끓는다.

추이는 사냥해 온 꿩의 깃털을 불에 넣고 내장과 고기는 그릇 안에 찢어 넣었다.

금세 기름이 둥둥 뜬 고깃국이 끓여졌다.

"……."

추이는 모닥불 옆에 누워 있는 사망매화를 바라보았다.

그는 식은땀을 흘리며 끙끙 앓고 있었다.

'조금 셌나?'

추이는 자신의 곤을 물끄러미 바라보았다.

마지막에 사망매화의 뒤통수를 칠 때 힘 조절을 조금 못했던 것 같기도 하다.

사망매화 오자운.

그는 연신 구슬땀을 흘리며 신음한다.

추이의 곤에 맞은 것이 아픈 것도 있겠지만, 아무래도 지금까지 무림맹의 천라지망을 뚫고 오며 쌓인 피로가 한꺼번에 몰려오고 있는 모양이다.

추이는 사망매화가 마지막 순간 피워 냈던 일곱 떨기의 매화를 떠올렸다.

'이런 몸 상태로 그렇게 싸웠던 건가? 괴물은 괴물이군.'

추이는 사망매화의 얼굴을 가만히 들여다보았다.

장신의 키, 다부진 골격, 호랑이의 것처럼 부리부리한 눈, 숱이 진하고 두꺼운 눈썹, 오악의 산처럼 쭉 뻗은 콧날과 굳게 다물어진 입술.

확실히 추이의 기억 속 얼굴 그대로였다.

'조금 더 젊어 보이기는 하는군. 아직 고생을 덜 해서 그런가.'

추이는 오래 전의 일을 회상했다.

사망매화 오자운.

그는 젊어서는 협객으로, 늙어서는 신선으로 살았을 인물이었다.

사매를 간살한 뒤 마교에 투신했다는 누명을 쓰지만 않았더라면 말이다.

모종의 사건으로 인해 억울한 누명을 쓴 오자운은 하루아침에 화산파 최고의 기재에서 무림공적으로 몰락했다.

지난 생의 추이가 그를 처음 만난 시점은 오자운이 이미 마교에 투신하고 난 다음이었다.

'네가 우사(右使)의 제자냐?'

죽은 홍공의 시체 뒤에서, 추이가 처음으로 마주했던 오자운은 화산파의 매화검수가 아니라 마교의 '좌신장차사(左神將差使)'였다.

본디 마교의 '우신장차사(右神將差使)'였던 홍공은 마교를 배신하고 탈주하여 혈교를 새롭게 창시했다.

이에 좌사직을 맡고 있었던 오자운이 전 우사였던 홍공을 처단하기 위해 추이가 있던 전장까지 추격해 왔던 것이다.

좌사 오자운.

그는 자신의 손으로 죽이려 했던 홍공이 이미 절명해 있는 것을 보고 그 상황에 흥미를 느꼈다.

비 오는 밤.

죽은 홍공의 목을 사이에 두고 이야기하던 추이와 호예양.

호예양은 얼마 버티지 못하고 죽었고, 추이 역시도 사지(死

地)를 돌파하며 입은 상처들을 이겨 내지 못하고 서서히 눈을 감고 있을 무렵이었다.

오자운은 그날 추이를 살려 주었다.

'신기하구나. 우사가 제자를 두다니. 그럴 인물로는 보이지 않았는데.'

원래라면 호예양을 따라 죽었을 추이를 데려다가 상처를 치료해 주고 끊어진 기혈을 이어 준 것이다.

'본디 내가 했어야 할 일을 너희가 했으니, 내가 너희에게 빚을 졌다고 봄이 상당하다.'

홍공의 목을 수거한 오자운은 죽은 호예양의 장례를 대신 치러 주기도 했다.

이후, 추이는 좌사 오자운의 뒤를 따라다녔다.

그는 마도에 귀의한 인물답지 않게 상당히 고지식한 면이 있었다.

추이는 오자운을 따라다니며 어깨 너머로 많은 것들을 배웠다.

크게는 마기를 다스리는 법부터 시작하여 작게는 먹을 것이나 잠자리를 구하는 법까지.

무림에서 살아남기 위한 기초적인 지식들을 추이는 목마른 사슴이 물을 들이켜듯 배워 나갔다.

하지만.

오자운은 추이에게 이런저런 것들을 가르쳤으되, 딱히 추이를 제자로 여기지는 않았다.

추이 역시도 오자운에게 이런저런 것들을 배웠으되, 딱히 오자운을 스승으로 여기지는 않았다.

세상에는 딱 잘라 정의할 수 없는 관계도 있는 법.

'따라오지 못하겠다면 거기서부터는 그냥 네 갈 길로 가거라.'

오자운은 스승이라고 하기에는 너무 무책임했으며.

'배울 걸 다 배웠다고 생각되면 떠나겠다.'

추이는 제자라고 하기에는 너무 냉정했다.

오자운은 여관을 발견하면 혼자서 방을 잡고 묵었다.

추이는 마구간에서 자거나 밤이슬을 맞으며 여관의 처마 밑에서 새우잠을 자야 했다.

추이는 오자운이 누군가와 싸우게 되면 혼자서 도망쳤다.

오자운이 피투성이가 된 채 칼을 거두면, 추이는 그제야 돌아와 오자운의 뒤를 따랐다.

그런 시간이 꽤 오래 지속되었다.

어느덧 추이의 키가 오자운과 비슷해질 무렵.

오자운은 숙적들과 마주하게 되었다.

무림맹에서 나온 사냥개들.

그들은 천라지망을 짜 그 안에 오자운을 가두었다.

오자운은 마교로 복귀하기 위해 밤낮없이 싸웠다.

하루도 그의 칼에서 피가 마를 날이 없었다.

추이는 늘 숨어 있었다.

창을 쥐고 전장으로 뛰어가고 싶었으나 오자운은 결단코 그것을 허락하지 않았다.

'내 일은 내 일. 네 일은 네 일이다. 내 너를 내켜서 들였으되, 내키지 않게 되면 언제든 버릴 수 있음이야.'

오자운을 마주한 적들은 모두 죽었다.

그와 칼을 맞댄 자들은 단 한 명도 살아서 되돌아가지 못하고 불귀(不歸)의 객이 되었다.

오자운은 자신의 얼굴을 본, 그리고 추이의 얼굴을 본 이들을 기어코, 악착같이 쫓아가 죽였다.

그가 왜 그렇게 필사적으로 생존자들을 말살하는지, 그때의 추이는 이해하지 못했다.

그러나 오자운은 늘 똑같이 무표정한 얼굴로 추이를 대했다.

자신의 속마음을 조금도 털어놓지 않을 것이라는 듯.

……하지만.

그런 오자운의 표정이 조금 변했을 때도 있었다.

무림맹의 천라지망을 피해 서쪽으로 도주하던 중, 한 억새밭에서 만난 무덤 앞에서였다.

오사지묘(伍奢之墓)

오자운이 개인적인 이야기를 한 것은 그때가 처음이었다.

'이곳에 내 아버지가 묻혀 계신다.'

시시각각 무림맹의 칼끝이 다가오는 와중에도, 오자운은 무덤의 풀을 뽑고 그 앞에서 절을 올렸다.

'아버지는 생전 죽엽청과 아귀포를 좋아하셨지. 그것을 좀 갖고 왔으면 좋았을 것을.'

오자운은 아쉽다는 듯한 표정으로 텅 빈 묘 앞을 응시했다.

추이로서는 처음 보는 오자운의 인간적인 면모였다.

이후, 오자운은 추이에게 부탁을 하나 했다.

'훗날, 내가 무림맹의 개들에게 죽거든 내 시체를 수습해서 이 무덤 옆에 묻어 줄 수 있겠나?'

그때 추이는 별생각 없이 그러겠다고 했었다.

지금 생각해 보면 절대 지켜지지 못할 약속이었다.

그 후 몇 개월 뒤.

마교의 총본산으로 통하는 천산산맥의 비도(秘道)를 눈앞에 두고, 오자운은 무림맹의 추격대를 마주했다.

그때까지 살아남은 추격대의 최정예들이 오자운을 포위하고 밤낮으로 차륜전을 벌였다.

무림맹 측 인원은 총 아흔하나, 그중 서른두 명이 화산파의 매화검수들이었고.

'오라.'

오자운은 혼자였다.

그날의 싸움에서도 오자운은 추이를 산봉우리 하나를 건너 떨어뜨려 놓은 채 싸웠다.

추이는 언제나 그렇듯, 싸움이 끝난 뒤 오자운을 찾으러 갔다.

피가 바다를 이룬 자리에는 늘 오자운이 홀로 우뚝 서서 추이를 기다리고 있었다.

지금까지는 늘 그래 왔었다.

……하지만 이번에는 달랐다.

여느 때처럼 피가 바다를 이루고 있었으되, 그 자리에 오자운은 없었다.

추이는 오자운이 패배했을지도 모른다는 생각을 조금도 하지 않았다.

그는 강한 사람이었으니까.

다만 추이는 늘 오자운이 했던 말을 떠올렸을 뿐이다.

'따라오지 못하겠다면 거기서부터는 그냥 네 갈 길로 가거라.'

'내 일은 내 일. 네 일은 네 일이다. 내 너를 내켜서 들였으되, 내키지 않게 되면 언제든 버릴 수 있음이야.'

추이는 오자운의 가르침대로 행했다.

그가 추격대를 무사히 물리치고 마교로 복귀했을 것이라 추호도 믿어 의심치 않았다.

……그날 이후 두 남자가 다시 만나는 일은 없었다.

다만 아주 먼 훗날 나중에야, 추이는 오자운의 행방을 풍문으로만 들을 수 있었을 뿐이다.

오자운은 그날 마교로 돌아가지 못했다.

그는 서른두 개의 칼침을 맞고 죽었다.

자리에 꼿꼿하게 선 채, 두 눈을 부릅뜬 채로 숨이 끊어졌다.

이후 그의 두 눈알은 파내어져 화산파의 동문(東門)에 매달렸고, 목은 가래나무 솟대 위에 효시되었으며, 몸은 말가죽 자루에 담겨 절강(浙江)에 버려졌다.

'……'

그것을 알게 된 추이는 창을 잡았다.

화산파의 동문을 찾아갔지만 눈알은 이미 까마귀가 쪼아 먹고 없었고, 솟대에 걸린 목은 옛저녁에 썩어 문드러져 홍진(紅塵)처럼 나부낀 뒤였다.

추이는 절강을 찾아갔다.

그리고 한동안 절강의 서산(胥山)에 피어난 붉은 매화들을 바라보며 시간을 보냈다.

……그다음, 추이는 다시 한번 화산파를 찾아갔다.

그의 별호가 창왕(槍王)에서 창귀(槍鬼)로 바뀌게 된 것이 바로 그 시점부터였다.

"……."

추이는 옛날 일을 떠올렸다.

그러는 동안에도 오자운은 신음을 흘리며 몸을 뒤척인다.

타닥— 타닥—

모닥불이 꺼져 간다.

추이는 마른 장작을 손으로 쪼개어 그것을 불길 속으로 던져 넣었다.

주변이 조금 더 후끈해졌고, 그제야 오자운의 표정이 조금은 풀어졌다.

추이는 궁금했다.

본디 촉망받던 화산의 후기지수.

화산파 역사상 최연소 매화검수로 뽑힐 정도로 뛰어났던 기재가 어찌 하루 아침에 무림공적이 되었다는 말인가?

지난 생의 추이가 본 바에 의하면 오자운은 사매를 간살하고 달아나 마교에 투신할 만한 위인이 절대 아니었다.

그때.

"……."

추이의 의문을 풀어 줄 당사자가 눈을 떴다.

사망매화 오자운이 정신을 차린 것이다.

꽃봉

"요리 솜씨가 형편없군."

오자운은 죽통에 든 고깃국을 훌훌 들이마시며 말했다.

멀건 국물 속에는 꿩의 살점과 내장 조각들이 둥둥 떠다닌다.

추이 역시도 국물을 쭉 들이켰다.

소금 하나 없이 그냥 끓인 것이라 비리고 잡내가 심했지만 그런 것을 가릴 처지는 아니었다.

"무슨 이유로 쫓기고 있나?"

추이가 묻자 오자운은 미간을 옅게 찡그렸다.

"이미 알고 있잖나. 내가 사매를 겁간하고 죽였다고 하더군."

"하지만 그럴 리가 없지."

"……?"

추이의 단호한 대답에 오자운이 한쪽 눈썹을 까닥 들어 올렸다.

이윽고, 그는 복잡미묘한 표정으로 말을 이었다.

"수십 년을 함께했던 이들도 나를 천인공노할 색마라고 하는데, 오늘 처음 본 생면부지의 타인이 나를 믿어 주니 무어라 할 말이 없군."

"……."

추이는 잠자코 꿩의 내장을 씹는다.

얼마간의 침묵이 흘렀다.

이윽고, 오자운의 눈이 벌건 화광에 젖었다.

"한 청년이 있었지."

오자운은 자신의 이야기를 시작했다.

지난 생의 추이조차 듣지 못했던, 이 시대의 그 누구도 들으려 하지 않는 진실이었다.

"힘도 세고, 외모도 훤칠했고, 의협심도 아주 강한 청년이었어. 조부께서 화산파의 속가제자셨으니 집안도 제법 유복했고."

"……."

추이는 잠자코 모닥불을 뒤적였다.

딱히 대답이 돌아오지 않았지만 오자운은 말을 계속했다.

"어느 날이었던가, 청년은 견문을 넓히기 위해 천하를 유랑하던 중 한 비무대회에 나가게 되었어. 지방의 작은 문파에서 개최하는 것이었는데, 우승한 자에게는 문주의 딸과 결혼할 수 있는 기회가 주어진다더군."

무술대회에서 우승할 시 주최자의 딸과 결혼하는 풍습은 흔하다.

주로 큰 싸움을 앞둔 문파가 이런 식으로 고수들을 모집하고는 하는데, 설마 사위가 되어서 장인의 가문이 처한 위기를 모른 체할 수 있겠냐는 명분으로 전쟁에 동원하는 것이다.

"청년은 호기롭게 비무대회에 나가서 우승했지. 그리고 그 문파의 금지옥엽을 신부로 맞이했어. 절세가인이었지."

강아. 그것이 그녀의 이름이었다.

오자운은 옛 연인의 얼굴을 떠올리며 시선을 아래로 떨구었다.

"아름다운 신부를 얻었으니 응당 장인의 어려움을 돕는 게 당연했어. 청년은 칼 한 자루를 들고 장인의 문파를 노리는 적들을 모두 물리쳤네. 전부 사마외도의 사악한 악적들이었지."

"……."

"청년의 명성은 그 일대를 진동시켰어. 젊고, 풍채 헌앙하고, 잘생겼으며, 무공까지 고강한 데다가 집안마저 유복하니 '옥룡공자(玉龍公子)'라는 쑥스러운 별호도 붙고…… 뭐 그랬지."

추이는 손가락으로 볼을 긁적였다.

옛날의 오자운에게 그런 과거가 있었다니, 새삼 놀라운 일이었다.

오자운은 말을 계속했다.

"청년의 명성이 나날로 커지자 위에서도 관심을 보였는데. 그것이 바로 화산파였어. 마침 조부께서도 화산과 인연이 있었으니 자연스러운 흐름이었지. 청년은 화산의 부름을 받아 도사가 되었고, 어느새 매화 꽃잎이 새겨진 칼을 하사받게 되었다네."

그 뒤의 일이라면 추이도 알고 있었다.

오자운은 화산파에 몸담게 된 지 얼마 지나지 않아 어마어마한 천재성을 뽐내며 화산의 역사에 새겨져 있던 모든 최연소 기록들을 갈아치워 버린다.

"모든 것이 완벽했어. 꿈같은 나날이었지. 청년은 사형제들에게 존경받고 스승들에게 귀여움받으며, 그렇게 화산파의 매화검수가 되었어. 물론 이 세상에서 가장 아름다운 아내 역시도 이를 축복해 주었고."

그러나, 여기서부터 오자운의 표정이 어두워지기 시작했다.

"그런 청년에게는 친한 사매 한 명이 있었어. '월맹영(越孟嬴)'이라는 여자였지. 그녀 역시도 외모가 아름답고 재능이 비범하여 청년과 함께 남들의 입에 오르내리는 경우가 많았어. 호사가들은 청년과 그녀를 함께 칭하여 화산의 오월춘추(吳越春秋)라고 부르기도 했지."

"……."

추이는 잠자코 듣는다.

오자운은 추이를 향해 이야기하는 것이 아니라 그냥 폐장 속에서 썩어 가던 한을 토해 내고 있는 것처럼 보였다.

"어느 날, 청년은 사매를 불러 물었어. 여인들은 어떤 선물을 좋아하느냐고."

"……."

"청년은 아내에게 줄 선물을 사고 싶었던 게지. 다른 뜻은 없었어. 조금도."

"……."

"하지만 사매의 생각은 조금 달랐던 모양이야. 그녀는 청년이 자신을 향한 연정을 에둘러 고백한다고 생각했고, 자신이 가지고 싶었던 비녀 하나를 조심스레 이야기했어."

여자와 그리 인연이 없었던 추이는 오자운의 말을 잘 이해하지 못했지만 일단은 그냥저냥 고개를 끄덕였다.

오자운이 말을 이었다.

"청년은 비녀를 샀어. 하지만 그 비녀는 당연하게도 아내의 것이었지."

"……."

"그날부로 사매는 청년과 말을 섞지 않았어. 합동 훈련도 거부하고 겸상도 피하고."

"……."

"청년은 그런 사매의 변화가 의아하기만 했어. 그래서 어느 날, 매화꽃이 흐드러지는 산봉우리 위에서 물었지. 대체 왜 자신을 피하는 것이냐고."

그 뒤의 일은 한낱 추이라 할지라도 예상할 수 있는 전개였다.

"사매는 청년에 대한 자신의 마음을 고백했어. 오래전, 화산파에서 청년을 처음 만났던 그 순간부터 쭉 사모해 왔다고. 이후 힘든 훈련이나 외부 활동들을 함께하며 그 마음이 나날로 깊어져만 갔다고. 이제는 첩이든 무엇이든 상관없으니 자신을 돌아봐 달라고. 단지 그거면 만족한다고."

"……."

"하지만 이번에는 청년의 태도가 바뀌었지."

오자운의 목소리를 따라 모닥불이 이글거린다.

검은 연기가 점점 짙어지고 있었다.

"그 뒤로 청년은 사매를 향해 조금의 눈길도 주지 않았네. 사매가 그랬던 것보다도 훨씬 더 냉정하고 철저하게 그녀를 멀리했지. 심지어 장문인을 찾아가 하산하겠다는 말까지 했으니 그 결심이 보통 단단했던 것이 아니었어."

과거를 회상하는 오자운의 표정은 침통했다.

"어느 밤이었네. 달도 뜨지 않은 아주 깊고 어두운 밤. 청년은 연무장에서 칼을 휘두르며 정든 장소와 이별할 준비를 하고 있었지. 그런데 누군가가 청년을 찾아온 거야. 짐작하겠지만, 사매였어. 그리고 이내 놀라운 일이 벌어졌다네."

"……."

"그 고고하고 도도하던 사매가 청년의 발밑에 엎드려 읍소를 한 거야. 제발 화산을 떠나지 말라고, 자신을 버리지 말아 달라고. 자기는 이제 먼 발치에서 청년을 바라보는 것만으로도 좋으니 제발 부탁이라고, 청년이 이대로 영영 사라져 버리게 되면 자신은 상사병에 걸려 시름시름 앓다가 죽어 버릴 것 같다고……."

"……."

"하지만 청년은 매몰차게 그 자리를 벗어났지. 너무 놀라서 무어라 대답해야 할지 몰랐던 게 컸어. 하지만 청년은 생각했네. 하루빨리 자리를 뜨는 것이 아내에 대한 의리를 지키면서, 동시에 사매를 위할 수 있는 길이라고 믿은 채로."

오자운은 잠시 말을 끊었다.

그리고 막혀 있는 목을 피 섞인 기침으로 뚫어 낸 뒤 말을 이었다.

"그때쯤이었다네."

"……?"

"아내가 독살당한 것이."

"……!"

청년의 아내 강아가 별안간 죽었다.

누가 봐도 뚜렷한 독살흔(毒殺痕)이 입가와 목에 남아 있었다.

"청년은 삼년상을 치르면서도 아내를 죽인 원수를 찾고자 했네. 어떤 날에는 복수를 위해 밤낮없이 돌아다니다가, 또 어떤 날에는 그녀의 무덤 앞에 세워 놓은 초막에서 비바람을 피했지. 그러던 어느 날이었어."

"……."

"청년이 누운 초막에 누군가가 찾아왔다네. 맹영 사매였어."

"……."

"그녀는 울며 말했지. 죽은 사람은 이제 그만 잊으라고, 산 사람은 살아야 하지 않겠냐고. 움푹 꺼진 청년의 볼을 어루만지며 통곡을 했어."

아마 그때 청년의 모습은 지금 추이가 보고 있는 몰골과 크게 다르지 않았을 것이다.

옥룡공자라는 별호가 붙을 정도의 미남자가 이렇게 수척

해진 모습을 보고 있노라면 남자인 추이조차 안쓰러움이 느껴질 정도인데, 그를 절절히 사모하던 여인들은 어떠했을까?

오자운은 말했다.

"하지만 청년은 여전히 단호했지. 삼년상을 치르면서 곡기만 끊은 것이 아니라 이 세상의 모든 인연들을 끊어낼 각오를 한 상태였으니까. 그만큼 청년은 아내를 사랑했었네."

"……."

"청년은 사매가 쓰러져 우는 초막을 박차고 나가 산 아래에서 밤이슬을 맞았지."

모닥불이 사그라든다.

추이가 가만히 있자 이번에는 오자운이 불 속으로 장작을 던져넣었다.

"다음 날. 청년은 화산파의 도사들에게 체포되어 화산으로 압송되었어."

"갑자기?"

"그래. 갑자기. 아무 영문도 모른 채."

오자운의 말에 추이는 인상을 썼다.

이윽고, 오자운은 설명을 이어 나갔다.

"화산파로 끌려온 청년은 그제야 알게 되었지. 지난밤, 자신의 초막에 찾아왔던 맹영 사매가 누군가에게 겁간당한 뒤 살해되었다는 사실을 말이야."

그날 맹영은 죽었다.

바로 오자운의 초막에서.

그 뒤로는 추이도 익히 상황의 흐름을 짐작할 수 있었다.

오자운은 자신의 왼팔을 흘끗 내려다보았다.

"청년은 자신의 결백을 증명하기 위해 무엇이든지 했어. 아주 사소한 잘못부터 시작하여 한 점의 부끄러움까지 모조리 토설했고, 그것도 모자라 자신의 왼팔을 스스로 끊어 내는 짓까지 했지. 하지만 누명은 풀리지 않았어. 그렇게 나는 사매를 간살한 악적이 되었지."

청년은 어느덧 오자운이 되었다.

오자운은 어느덧 복수귀가 되었고.

그는 핏발 선 눈으로 고개를 들었다.

"죽은 맹영 사매의 가슴팍에는 매화꽃 모양의 검흔이 남아 있었다고 들었네. 범인은 나와 같은 매화검수야."

"……."

추이는 턱을 쓸었다.

이건 앞으로 조금 더 생각해 봄 직한 문제였다. 오자운 역시도 그것을 알기에 그저 심증만을 토로할 뿐이다.

"이후 나는 고달픈 신세가 되었어. 맨 처음에는 사도련을 찾아가 의탁해 볼까도 고민했었지. 하지만 사도련 놈들은 오히려 나를 무림맹에 팔아넘기려 들었어. 정도든 사도든 다 똑같은 놈들이야. 평소에는 앙숙인 척 굴면서 뒤로는 언제 그랬냐는 듯 형님- 아우님- 하면서 붙어먹지. 관료들도 다

그렇지 않은가."

"그럴 바에는 차라리 마도가 낫다고 판단한 건가?"

"그렇지. 어차피 마교와 내통했다는 누명을 쓴 판국인데, 그것을 사실로 만들어 주는 것도 나쁘지 않겠다는 생각이 들어서 말이야."

그래서 오자운은 지금 마교가 있는 신강의 천산산맥으로 가고 있는 것이다.

추이는 오자운의 말을 모두 들었다.

그리고 그의 말을 듣기 전부터 생각했던 바를 입 밖으로 꺼냈다.

"네가 마교의 총본산까지 갈 수 있게 길을 터 주겠다."

"뭐? 그대가 왜?"

오자운. 아니, 어느새 사망매화로 돌변한 그가 날카로운 경계심을 드러낸다.

하지만 추이는 사망매화의 기분 따위는 조금도 고려하지 않았다.

전생의 그가 자신에게 그랬듯.

"따라오지 못하겠다면 거기서부터는 그냥 네 갈 길로 가거라."

그저 건조하고 무뚝뚝하게 말할 뿐이다.

월담

날이 여러 번 저물었다.

높은 성벽을 눈앞에 둔 추이와 사망매화는 근처 언덕에 있는 숲에 몸을 숨겼다.

호북성의 최외곽, 초장현의 성벽.

이곳만 빠져나가면 사천성과 감숙성의 사이로 통하는 비밀스러운 길이 있다.

청해를 건너 마교가 있는 신강으로 직통하는 잔도(棧道)였다.

추이는 일전에 한번 그곳을 건너 본 적이 있어서 지리를 잘 알고 있었다.

단장애(斷腸崖).

건너가는 이의 창자를 끊어 놓을 정도로 높고 위태로운 절벽.

그곳에 선반처럼 달려 있는 아슬아슬한 외줄다리가 바로 잔도다.

그곳만 지나갈 수 있다면 마교의 총본산까지 가는 길의 절반을 왔다고 할 수 있는 것이다.

"그러려면 이곳 호북을 지나야 하는데…… 문제는 호북성에 무당파가 있다는 것이지."

사망매화는 미간을 찡그리며 말했다.

무당파는 화산파와 긴밀하다.

같은 도가 계열의 문파이기 때문이다.

그래서일까?

화산파의 무인들과 무당파의 무인들이 함께 지키고 있는 소관(昭關)은 그 어느 때보다도 경비가 삼엄했다.

저 멀리서 경비대장이 외치는 소리가 들렸다.

"모든 행인을 면밀하게 조사하되, 특히 서쪽에서 동쪽으로 가는 자들을 엄하게 검문하도록 하라!"

경비병들의 뒤로 화산과 무당의 칼을 찬 무사들이 보인다.

사망매화를 잡기 위해 민관(民官)이 긴밀하게 협조하고 있는 것이다.

"아이구, 요즘 성문 경비가 왜 이렇게 삼엄해졌대?"

"무림공적 하나가 이쪽으로 올지도 모른다고 하데?"

"그 뭐시기, 사망매화인지 지랄매화인지 하는 놈 때문이
라잖여."

"아이구. 나는 급한데. 이거 성문 앞에서 사나흘은 기다려
야 쓰겠구먼……."

성문 앞에는 수많은 행인들이 일렬로 줄을 서서 검문을 받
고 있었다.

경비병들과 무림맹의 무사들은 통행객들이 지금껏 거쳐
온 성에서 발급받은 간이 통행증을 검사했고, 또 수배서에
그려져 있는 사망매화의 용모파기와 일일이 얼굴을 대조해
보았다.

성벽은 높고, 감시는 삼엄하여 날아가는 새가 아니고서는
절대로 이곳을 그냥 통과할 수 없을 것 같았다.

휘잉-

바람에 수배서 한 장이 날아왔다.

사망매화는 수배서를 잡고는 자신의 얼굴에 대 보았다.

"비슷한가?"

"그림이 낫군."

"실물이 낫겠지. 보게. 내가 어찌 이렇게 막 생겼겠나?"

여기까지 오는 동안 사망매화는 추이에게 농담을 할 수 있
을 정도로 몸 상태가 회복되었다.

그는 눈을 가늘게 뜨며 추이를 떠보았다.

"그나저나, 마교에서는 나를 어지간히도 환영하는 모양이

야. 자네 같은 인물을 마중 보내다니."

"……."

"근데 왜 자네 하나만 보냈나? 수행원들은 다 어디에 있지? 남궁세가에게 잃었나?"

사망매화는 아무래도 추이를 마교에서 파견 나온 정보원 정도로 생각하는 듯했다.

그게 아니고서야 왜 목숨 걸고 자신을 도와 마교로 가려 하겠는가, 뭐 이런 논리였다.

추이는 사망매화의 착각을 굳이 정정해 주지 않았다.

다만 짧게 경고했을 뿐이다.

"조만간 이곳으로도 추격대가 올 것이다."

"그렇겠지. 추격대의 대장은 비무극, 그 녀석이겠고."

"아는 자인가?"

"알지. 동기동창이었다. 나와 비슷한 시기에 화산파에 들어왔고, 나보다는 조금 늦게 매화검수가 되었지."

"어떤 인물이지?"

"성품이 강직하고 유능하기는 하나 사람이 모질고 편협한 면이 있어. 이유 없이 나를 싫어하기에 몇 번 마찰이 있었던 적이 있다"

"강한가?"

"원래 나보다는 약했다. 다만 이제 내가 외팔이가 되었으니……."

사망매화는 잠시 고민한 끝에 대답을 내놓았다.

"지금은 붙어 봐야 알겠군."

"……."

추이는 조용히 고개를 끄덕였다.

사망매화는 약간 기대하는 기색으로 추이를 떠보았다.

"그래. 저 성벽을 피해 갈 묘수가 있나?"

"왜 피해 가나?"

"?"

추이의 반문에 사망매화의 표정이 어리둥절해진다.

무림맹의 천라지망이 시시각각 조여 오고 있는 마당이다.

그런 마당에 저런 견고한 성벽을 눈앞에 두고 왜 피해 가나니?

그럼 넘어가기라도 하겠다는 말인가?

하지만 추이는 태연했다.

"저 성벽을 뚫고 간다."

"??"

"그리고 성벽을 뚫자마자 무림맹의 추격대를 역으로 칠 것이고."

"???"

사망매화의 표정이 점점 멍하게 바뀐다.

추이는 거기에 대고 쐐기를 박았다.

"놈들은 몰살당할 것이다."

성벽 돌파.

추격대 되치기.

그리고 몰살(沒殺).

셋 중 어느 것 하나 현실성 있는 것이 없다.

사망매화에게는 이 모든 것들이 다 망상처럼 들렸다.

그는 논리적으로 말했다.

"첫째, 우리는 저 성벽의 삼엄한 경계를 돌파할 수단이 없고. 둘째, 추격대를 역으로 습격하려면…… 아니. 됐고. 이게 무슨 미친 소리인지 모르겠군."

사망매화는 한숨을 쉬었다.

"자네는 천라지망이 무엇인지 조금도 모르는가 보이."

"안다. 정도십오주에서 차출된 최정예들이 칼 들고 개떼같이 쫓아오는 것."

"그걸 알면서 그런 말을 하는가?"

추이의 태연함이 영 못 미더운 사망매화다.

그는 다시 한번 한숨을 내쉬며 말을 이었다.

"일단 철벽으로 소문난 초장현의 소관을 어떻게 통과할 수 있다는 건지, 그것부터가 모를 일일세."

"쉽지."

"……쉽다고?"

추이의 말에 사망매화는 한번 더 멍한 표정을 짓는다.

그의 말에 추이는 고개를 끄덕였다.

"반나절 안에 너를 저 성벽 안으로 들여보내 주마."

말을 마친 추이는 자리를 털고 일어났다.

그러고는 성큼성큼 걸어가 성문 앞으로 향했다.

사망매화는 너무 황당해서 추이를 잡지도 못했다.

"……."

그저 멍하니 서 있을 뿐.

✦

성문 앞에 길게 늘어진 줄.

농사꾼, 나무꾼, 사냥꾼, 거간꾼, 술장수, 마부, 보부상, 어염집 아낙네들…… 이 외에도 수많은 인간 군상들이 일렬로 길게 서서 관문 통과 심사를 기다리고 있다.

"밀지 마요!"

"좀 앞으로 갑시다, 거!"

"앞에 새치기 누구야! 양심도 없어!?"

"자, 구운 밤 팔아요. 기다리시면서 까 드시면 좋습니다~!"

줄은 너무나도 길어서 성문 한 바퀴를 빙 둘러 감을 정도였다.

아마 줄 꼬래비에 선 사람은 일주일은 꼬박 모래먼지를 먹으며 성문 밖에서 기다려야 할 것이다.

그때.

콧노래를 부르며 줄의 앞쪽으로 걸어가는 청년 하나가 있었다.

그는 껄렁한 발걸음으로 얼마간 걷더니 별안간 줄 앞쪽으로 슬쩍 새치기를 했다.

"비켜, 비켜라!"

청년은 짊어지고 있던 지게를 크게 흔들고는 지팡이를 뻗었다.

그 때문에 줄 서 있던 아이가 지팡이에 맞아 넘어졌지만 청년은 아랑곳하지 않고 줄에 끼어들었다.

그러자 뒤에 있던 사람들이 아우성을 쳤다.

"거기 새치기하는 놈 뭐야!"

"애를 지팡이로 치면 어떻게 해!"

"뭐, 저런 양심 없는 놈이 다 있담?"

"어이, 좋은 말로 할 때 나와. 끌어내기 전에."

아이의 부모를 비롯, 몇 명의 보부상들이 험상궂은 표정으로 청년에게 다가갔다.

그러자 청년은 거들먹거리는 태도로 통행증을 꺼내 들었다.

〈통행증〉

성명: 동고공(東皐公)

그의 이름은 동고공. 직업은 의원이었다.

하지만 그의 멱살을 잡으려던 사람들이 주춤한 것은 그것 때문이 아니다.

패도회(佩刀會).

그것은 호북성을 대표하는 사도 문파이다.

"......"

"......"

"......"

동고공 의원을 향해 눈을 부라리던 이들이 모두 시선을 내리깔았다.

좌중들이 조용해진 것을 즐기며, 동고공이 말했다.

"어험. 나로 말할 것 같으면 패도회의 도 공자에게 약재를 구해다 주기 위해 먼 길을 다녀온 사람이다. 이 약재들로 말할 것 같으면 하나하나가 천금과도 같은 정력제들이지."

"......"

"그대들 같은 천한 무지렁이들 탓에 내가 약재를 늦게 배달하게 되면, 응? 그러다가 도 공자가 풍류를 즐기시는 데 차질이라도 생기면? 으응? 뒷감당할 자신 있나들?"

패도회의 도 공자라 하면 이 일대에서 유명한 호색한이다.

다른 걸 몰라도 정력에 관련된 일이라면 눈에 불을 켜는 그의 성미를 다들 아는지라, 더더욱 동고공 의원의 눈길을 피할 수밖에 없었다.

동고공은 우쭐하며 발걸음을 옮겼다.

바로 그때.

"끌끌끌─"

옆에서 웬 거지 소년 하나가 혀를 찼다.

"의원이 제 죽을 팔자는 모르고 남 사타구니나 챙기고 있군."

"……?"

동고공이 고개를 돌리는 순간, 거지 소년이 대뜸 말했다.

"오면서 뱀 밟아 죽였지?"

"뭐?"

동고공은 별 미친놈을 다 보겠다는 듯 눈살을 찌푸렸다.

"몰라. 그런 적 없다."

"죽였어. 틀림없이. 왼발로 밟아 죽였구만."

거지 소년의 말에 동고공은 슬쩍 자신의 왼발을 내려다보았다.

그러고 보니 짚신에 뭔가가 희미하게 묻어 있는 것 같기도 하다.

밤에 길을 걷다가 새끼 뱀이라도 밟았는지, 약간의 핏자국이 비치고 있었다.

'설마 이 옅은 흔적을 보고 말하는 것은 아닐 거고. 뭐지?'

동고공이 고개를 들자, 거지 소년이 다시 한번 입을 열었
다.

"어깨가 무겁지?"

"그야 당연하지. 약초 지게를 짊어지고 있으니까."

"그거 말고. 뱀의 원귀가 붙었어. 그게 지금 당신 어깨를
누르고 있군."

거지 소년의 말에 동고공은 코웃음을 쳤다.

바로 그 순간.

묵직—

짊어지고 있던 약초 지게의 무게가 별안간 무겁게 느껴지
기 시작했다.

"......?"

동고공은 깜짝 놀라 지게를 땅바닥에 황급히 내려놓았다.

하지만.

"이제 곧 등골이 시려 올 거야. 뱀의 원귀가 당신의 몸을
타 내려가고 있거든."

거지 소년의 말대로 곧 어깨 아래의 등골이 서늘해졌다.

동고공이 당황하고 있는 동안 거지 소년은 계속해서 말했
다.

"그다음은 왼발이네. 만약이 시작된 것이 왼발이니 조만

간 썩어 들어가겠구만."

동시에 동고공의 왼발이 차갑게 굳어 가기 시작했다.

무언가가 다리를 꽉 옥죄여 오는 느낌.

동시에 발가락 끝이 뱀의 이빨에 찔린 것마냥 따끔따끔거리는 것 같기도 하다.

그때쯤 해서, 동고공은 귓가를 스쳐 가는 웃음소리를 들었다.

히히히히히히히—

동고공은 와들와들 떨기 시작했다.

정말로 뱀의 원귀가 자신의 몸을 옥죄인 채 저주를 걸고 있는 것 같았다.

"아이고, 관상가 양반. 나 좀 살려 주게."

동고공은 거지 소년의 앞에 넙죽 엎드렸다.

그는 본디 겁이 많을 뿐만 아니라 심성이 굳세지 못하고, 토속신앙이나 각종 미신을 잘 믿는 편이었기에 이런 분위기에 몹시 약하다.

하지만 거지 소년은 계속해서 혀를 찰 뿐이었다.

"이미 늦었어. 원귀의 증오심이 하늘에 닿았으니 필시 천벌이 내릴 게야."

"나, 나는 정말 몰랐어! 뱀을 밟은 줄도 몰랐는데 어찌!"

"딱하지만 어쩔 수 없게 됐군. 가족이라도 구하는 수밖에."

"가, 가족? 가족들에게도 화가 미치나?"

창귀
유랑

"집이 이곳 초장현인가?"

"어어…… 그렇기는 한데."

"이대로 집에 돌아가면 가족들에게 화가 옮아. 멀리 떠나는 편이 나을 거다."

"아이고!"

그러자 동고공은 거지 소년의 발치를 잡고 매달렸다.

"관상가 양반, 아니 선생님! 제발 저 좀 살려 주십시오. 제가 어찌하면 살 수 있겠습니까? 예에?"

"가족들이라도 살리는 수밖에 없어. 절대 집에 가지 마."

"집에 안 가겠습니다! 그리고 제 살길도 좀 열어 주십시오. 으허엉―"

동고공은 필사적으로 거지 소년을 붙잡고 매달렸다.

거지 소년은 한참 동안이나 튕기던 끝에 입을 열었다.

"어쩔 수 없지. 지금부터 천기를 누설할 테니 귀 씻고 잘 들어라."

"예에― 그럼요."

"가진 것 다 버리고 여기를 떠나."

"예에?"

동고공이 놀라자 거지 소년은 단호하게 대답했다.

"약초도, 지게도, 옷가지도, 다 벗어 놓은 채 여기를 떠나. 그리고 최소 석 달 이상 산에서 내려오지 마라. 인간 세상 홍진의 먼지를 다 털어놓아야만 냄새가 빠져. 그러면 뱀의 원귀도 너를 놓칠 것이다."

"그, 그렇습니까?"

"못 믿겠으면 말고. 나는 갈 테니."

"아휴! 아휴! 제가 언제 못 믿겠다고 했습니까! 당장 그렇게 하겠습니다!"

동고공은 겉옷을 벗었다.

그리고 약초들이 든 짐들을 모두 바닥에 내려놓았다.

거지 소년은 동고공을 빤히 바라보며 말했다.

"혹시 사람 냄새가 묻은 증서 같은 게 있다면 얼른 버려."

"저…… 이 통행증도 버려야 할까요?"

"농담하나? 그런 걸 제일 먼저 버려야지. 뱀 원귀에게 쫓기고 싶어?"

거지 소년의 말을 들은 동고공은 화들짝 놀라 통행증을 바닥에 팽개쳐 버렸다.

그는 한껏 시무룩해진 표정으로 말했다.

"한데 뱀 원귀로부터 달아난다고 해도 그 뒤가 걱정입니다. 저는 패도회에 약재들을 갖다주어야 하는데, 이대로 잠적하게 되면 무슨 꾸지람을 들을지."

"그 부분은 걱정 마라. 내가 잘 말해 주지."

"예? 관상가 선생님께서요?"

"나도 패도회의 초청을 받고 가는 길이다. 패도회주 모친의 관상을 봐 줘야 하거든. 그때 너의 사정에 대해서도 설명해 줄 테니 안심하고 가."

"오오오! 감사합니다!"

동고공은 감탄했다.

패도회주가 자기 모친의 관상을 봐 달라고 부를 정도의 사람이라면 분명 신통방통할 것이다.

그렇게 신통방통한 점쟁이라면 패도회에서도 충분히 예우를 갖출 것이라 생각한 그는 황급히 발걸음을 옮겼다.

약초와 지게, 옷, 통행증을 모두 바닥에 내 버린 채로.

추이는 동고공 의원이 버린 것들을 모두 수거했다.

겉옷, 약초 지게, 이전 현의 경비대장이 직인을 찍어 놓은 통행증까지도.

ㅊㅊㅊㅊㅊㅊㅊ……

추이는 동고공에게 씌워 놓았던 창귀들도 모두 회수했다.

이올의 경지가 깊어지면 이런 사소한 장난질도 할 수 있다.

중병에 빠지게 할 수는 없지만 몸 상태를 고뿔에 걸린 듯 나쁘게 만들거나, 환각 또는 환청을 겪게 하는 것 정도는 충분히 가능한 것이다.

'……조양자나 남궁팽생도 이 수에 걸려 죽었지.'

무공을 익힌 절정고수도 걸려드는 수인데 동고공 같은 일반인 하나 홀리는 것쯤이야 손바닥 뒤집기다.

이윽고, 추이는 동고공 의원의 짐과 통행증을 챙겨 성문으로 향했다.

사망매화는 본디 키가 크고 체격이 헌양하여 위장이 쉽지 않으나 추이의 경우에는 이야기가 다르다.

그리고 또한, 무림공적이 처음인 사망매화와 달리 추이는 이런 쪽으로는 경험이 아주 많다.

굴러먹을 대로 굴러먹은 노강호(老强豪)가 철벽으로 이름을 날리는 소관문(昭關門)을 향해 걸어간다.

추이는 패도회에게 납품하기로 한 약재 꾸러미를 고쳐 메며 생각했다.

'먼저 작은 소란을 일으켜 볼까?'

물론 작고 큼이라는 것은 상대적인 기준일 터다.

삼경(三更)을 알리는 종소리가 멀리 울려 퍼졌다.

"성문을 닫을 준비를 하라."

경비대장 원월(遠越)이 병사들에게 명령을 내렸다.

성문 앞에 줄 선 사람들의 발걸음이 급해지기 시작했다.

저 성문이 언제 닫히느냐에 따라 누구는 성문 너머의 따뜻한 집, 혹은 여관으로 들어갈 것이고 다른 누구는 묘시초(卯時初)가 될 때까지 꼼짝없이 밤이슬을 맞아야 하는 것이다.

한 병사가 원월에게 말했다.

"대장님. 오늘은 성문을 조금만이라도 더 열어 두는 것이 어떨까요? 줄 선 사람들이 너무 많습니다. 다들 성벽 밖에서 밤을 지새우라고 하는 것은 좀……."

하지만 원월은 단호했다.

"어명이 아니고서야 성문을 움직일 수는 없다. 그것이 금릉(金陵)에 도읍을 정했을 때부터 줄곧 지켜져 내려오는 법이다."

그는 원칙주의자였고 병사들도 그것을 알았다.

하여 병사들은 원월을 설득하는 것을 포기하고 그 대신 성문 검사를 더욱 빠르게 하여 한 사람이라도 더 소관 안으로 들여보내고자 했다.

"자 다음. 음. 용모파기와 다르군. 통행증은 있소? 알겠소. 통과."

"이건 뭐요? 아, 부차루(夫差樓)에 납품할 비단이로군. 들어가시오."

"말들을 이리로 데려오시오. 수레 속에 뭐 숨긴 것은 없겠지?"

병사들은 줄 선 사람들의 사정을 고려하여 검사를 빨리빨리 진행했다.

바로 그때.

한 마리의 말이 끄는 수레가 소관의 문 앞에 섰다.

수레 위에는 건초들이 수북하게 쌓여 있었다.

병사들이 물었다.

"이 수레는 뭐요?"

"소 여물입니다. 보시는 대로 건초뿐입죠."

"그렇소?"

병사는 마부의 통행증을 확인하고는 수배서의 용모파기와
대조했다.

수배서에 나온 사망매화는 키가 크고 얼굴이 아주 잘생긴
사내였으나, 마부의 키는 작고 등은 굽었으며 입에는 곰보
자국이 가득했다.

"통과."

병사는 더 볼 것도 없다는 듯 통과를 명령했다.

그때.

"잠깐만."

뒤에서 병사를 제지하는 이들이 있었다.

그들은 화산파와 무당파의 무사들이었다.

"시국이 시국인지라, 저희가 한번 더 확인을 하겠습니다."

"양해 부탁드리오."

그들은 병사들에게 포권을 취해 보이고는 칼을 빼 들었다.

쑤욱— 푸숙—

화산파와 무당파의 무인들이 칼로 건초 더미를 쑤셨다.

바로 그 순간.

"끄악!?"

건초 더미 속에서 비명이 터져 나왔다.

순간, 경비병들이 창을 들고 수레를 포위했다.

"웬놈이냐!"

"건초 안에 숨어 있는 놈이 있다!"

"포위해라! 절대 도망가지 못하게 막아!"

이윽고, 경비병들은 건초 더미 속에 숨어 있는 두 명의 사내를 끄집어냈다.

"사, 살려 주십시오!"

"다, 다 내놓겠습니다! 제발 목숨만은……!"

그들은 보통 체격의 사내들이었고 각자 품에 금두꺼비 하나씩을 숨기고 있었다.

무슨 일인가 싶어 성문까지 내려왔던 경비대장 원월은 노한 표정을 지었다.

"패도회에 뇌물을 바치러 온 자들이구나. 떳떳하지 못한 일로 왔으니 이렇게 숨어서 들어오는 것이겠지. 아마 누굴 죽이려고 청탁하려 했던 모양이지?"

두 사내는 꿀 먹은 벙어리처럼 말이 없다.

그저 고개를 푹 숙이고 눈을 질끈 감을 뿐이다.

원월은 보기 싫다는 듯 턱짓했다.

"감히 내가 지키고 있는 소관에 통행증도 없이 들어오려 했느냐? 끌고 가서 옥에 가둬라!"

두 사내는 경비병들에 의해 개처럼 끌려간다.

금두꺼비를 몰수당했음은 물론이었다.

화산파와 무당파의 무사들은 실망 반 안도 반으로 한숨을 내쉬었다.

  "그나저나 사망매화 놈이 정말 이쪽으로 올지 모르겠소."

  "솔직히. 놈은 무시무시한 악적이니 만나지 않기를 바랄 뿐이오. 다만, 만약에 만난다면 목숨을 걸고 그 악적을 해치우리다."

  그들은 칼을 허리에 찬 채 다시 사람들을 응시한다.

  한 소년이 마지막으로 통과 심사대에 섰다.

  경비병들은 소년의 통행증을 확인했다.

  "이름은 동고공. 의원이시군. 방문 목적은…… 패도회에 정력제 납품이라?"

  경비대장 원월이 직접 소년의 통행증을 확인했다.

  소년의 얼굴과 머리칼에는 온통 흙먼지가 묻어 있어 잘 보이지 않았지만 키와 골격으로만 봐도 수배서의 사망매화와는 확연히 달랐다.

  원월은 소년의 짐을 한번 뒤져 보았다.

  지게 위에 실려 있는 것이라고는 온통 약초들뿐.

  통행증을 소지했고, 짐에도 별 이상이 없는 데다가, 용모 파기 또한 수배서와는 다르니 통과시키지 않을 이유가 없다.

  "통과. 자, 이제 성문을 닫아라!"

  원월은 소년 의원을 소관 안으로 들여보낸 뒤 경비병들을 향해 손짓했다.

쿠―구구구구구구……

문이 닫혔다.

이제 내일 첫닭이 울 무렵에나 다시 열리게 될 철옹성이었
다.

　　　　　　　　　　※

"어디 있나…… 찾았다."

추이는 성벽 안쪽을 따라 빙 돌던 끝에 찾던 것을 발견했
다.

그것은 바로 자신의 묵죽(墨竹)이었다.

곤귀를 죽이고 빼앗은 이 곤은 길고 무거웠기에 어린아이
가 들고 다니기에는 적합하지 않다.

이런 것을 소지하고 성문으로 들어가면 자칫 오해를 살 수
있었기에, 추이는 이 곤을 성벽 너머의 하늘로 냅다 집어 던
졌고 이렇게 문을 통과한 뒤 되찾은 것이다.

성벽을 넘어 날아온 곤은 근처의 땅에 움푹한 구덩이를 만
든 채 단단히 박혀 있었다.

힘깨나 쓰는 장정 서너 명이 덤벼든다 해도 땅바닥에 단단
히 박힌 이 곤을 빼기란 힘들 것이다.

하지만.

쑤욱―

추이는 너무나도 쉽게 이것을 뽑아 들었다.

짊어지고 있던 약재들을 모조리 버린 추이는 곤을 어깨에 빗겨 멘 채로 초장현의 번화가로 향했다.

현의 번화가 동학로는 여러 장사꾼들로 왁자지껄했다.

짐승 잡는 자들이 널어 놓은 곰 가죽, 사슴 가죽 따위가 줄지어 늘어져 있었고 고기를 사러 온 자, 비단을 끊으러 온 자, 술에 취한 자, 똥을 푸는 자, 분을 바르는 자, 묘기를 부리는 자, 마차를 모는 자, 그리고 공을 차며 노는 어린애들까지…… 실로 길이 미어 터질 지경이었다.

그러던 도중, 추이는 길가에 서 있는 장정 하나를 마주했다.

장정은 이미 불쾌하게 술이 올라 있었고 지나가는 사람들에게 버럭버럭 소리를 지르거나 아무데나 대고 구토를 한다.

추이는 취객을 붙잡고 물었다.

"동학로에서 제일 비싼 기루가 어디지?"

"뭐야아? 이 새애끼가— 으이? 대그빡에 인마, 아앙? 피도 안 마른 새애끼가 벌써부터 까져서는…… 우욱! 씹……."

사내는 추이의 얼굴을 향해 토사물을 뿜어내면서도 연신 삿대질을 했다.

추이는 말없이 손을 뻗어 사내의 머리카락을 콱 움켜쥐고는 싸대기를 한 대 갈겼다.

짜—악!

턱이 바스러질 듯한 충격이 가해지자 사내의 눈동자에 약간이나마 초점이 되돌아왔다.

"동학로에서 제일 비싼 기루가 어디지?"

"좌측으로 쭉 가신 다음에 다시 우측으로 꺾으시면 세 갈래 길이 나오는데 중앙 대로로 직진하셔서 쭉 가시다 보면 오르막길이 나오고 거기서 빨간 간판이 있는 만둣집을 끼고 첫 번째 골목으로 들어가시다 보면 '부차루(夫差樓)'라는 기루가 나옵니다요."

두 번 묻게 되지 않아 다행이다.

짜—악!

추이는 사내의 뺨을 한 번 더 때렸다.

"길에다가 토해 놓지 마라."

기절한 사내를 뒤로하고, 추이는 발걸음을 옮겼다.

이윽고, 들은 대로 길을 따라가자 눈앞에 커다란 건물이 보인다.

열 개의 층으로 이루어진 높은 대각(臺閣)의 정문에는 '부차루'라고 적혀 있는 현판이 보였다.

추이는 대문을 발로 걷어차고는 안으로 들어갔다.

"술. 고기. 여자. 다 내와."

그러자 입구 쪽에 있던 점소이 하나가 황당하다는 듯 이쪽을 바라본다.

추이의 남루한 옷차림을 확인한 점소이는 한숨과 함께 주먹을 꺾었다.

"별 미친 거지새끼 하나가 나의 고아한 삶에 어지러운 방점을 찍으려 드누나. 아이야. 지금이라도 문에 난 발자국 닦고 얌전히 돌아간다면 내 너를 녹신녹신하게 두들겨 패려던 계획을 지금이라도 다시 재고해 보겠노라."

점소이는 한껏 우아한 어조로 추이를 향해 손사래를 쳤다.

하지만.

…우둑!

추이는 눈앞에서 팔랑거리던 점소이의 손을 붙잡고 손아귀에 힘을 주었다.

"으아악!?"

점소이가 부러질 것 같은 손가락을 다른 손으로 감싸며 비명을 지르자 추이는 짤막하게 한마디 했다.

"손님이 주문을 했으면 냉큼 술상이나 봐 올 일이지. 말이 많아."

좋은 기루에서 일하는 점소이들은 가끔 자신이 손님들보다 우위에 있는 듯 굴고는 한다.

괜히 문자 한번 써 보려다가 임자를 만난 점소이는 잔뜩 주눅이 든 채 추이를 위층으로 안내했다.

이윽고. 넓은 방으로 안내받은 추이는 대뜸 술상 앞에 앉았다.

기녀 한 명이 추이의 옆으로 다가와 앉았다.

"오라버니. 돈은 있어?"

심드렁한 표정으로 묻는 기녀를 향해, 추이는 얼굴을 가린 앞머리를 뒤로 한번 쓸어넘겨 보였다.

기녀가 말했다.

"오라버니는 돈 없어도 되겠다."

추이가 무어라 말하기도 전에 기녀는 추이의 술잔에 술을 따라 주었다.

그리고 옆에 딱 달라붙어서 곰살맞게 웃기 시작했다.

"괜찮아. 돈은 있다가도 없고 없다가도 있는 건데 뭐. 나중에 돈 생겼을 때 또 놀러 오면 되지. 오늘은 그냥 놀다 가. 술은 내가 살게."

"?"

이것까지는 예상하지 못했던 반응인지라 추이는 약간 당황했다.

그때.

드르륵—

장지문이 열리고 우락부락한 얼굴의 사내 네 명이 방 안으로 들어왔다.

"네가 아까 황눌(皇訥)을 때린 놈이냐?"

아까 길을 알려 줬던 취객 아니면 처음 만났던 점소이의 이름이 황눌인가 보다.

추이가 술잔을 들이마시며 말했다.

"맞고 싶으면 나가라."

"뭐? 맞기 싫으면 나가라겠지. 멍청한 놈이 말도 제대로 못 하는구나."

"죽고 싶으면 들어오고."

"……."

추이의 말을 들은 네 사내의 표정이 순간 딱딱하게 굳는다.

기녀는 방 분위기가 심상치 않자 얼른 밖으로 도망쳤다.

추이가 천천히 일어나자 사내들이 우르르 덤벼들었다.

퍼억- 깽창!

추이는 술병을 집어 들고 맨 앞에 있는 사내의 머리통을 깨 놓았다.

이후 깨진 병목으로 옆 사내의 옆구리를 찔러 쓰러트렸고 그 뒤에 있는 사내는 사타구니를 발로 걷어찼다.

그야말로 시정잡배들의 싸움 그 자체였다.

"이, 이 비겁한……."

남은 한 명이 덜덜 떨고 있다가 도망치려 했지만.

…퍽!

추이가 던진 젓가락이 허벅지에 박히자 그 자리에서 뒹굴며 새된 비명을 질러 댔다.

바로 그때.

"어이."

계단 위쪽에서 나지막한 목소리가 들려왔다.

흑의를 입은 사내 하나가 계단 위에서 추이를 내려다보고
있었다.

　"좀 조용히 놀아라, 아이들아."

　얼굴에 난 칼자국과 허리춤에 걸린 장도(長刀).

　칼자국 사내가 나직한 목소리로 말하자 방금 전까지 추이
와 싸우던 네 사내는 해쓱한 낯빛으로 고개를 숙였다.

　하지만.

　"싫다."

　추이는 태연한 얼굴로 대답했다.

　칼자국 사내는 자신의 귀를 의심했다.

　"뭐라고?"

　"싫다고 했다. 나는 시끄럽게 놀 것이다."

　"……."

　칼자국 사내는 잠시간 멍한 표정으로 서 있었다.

　그러고는 이내 작은 한숨을 쉬었다.

　"얼마 만에 걸려 보는 시비냐 이게. 즐겁기는 한데…… 오
늘은 임무가 있어서 어쩔 수가 없구나."

　그는 추이를 향해 고개를 들고는 말을 이었다.

　"안쪽에 계신 도련님께서 소란을 싫어하신다. 그러니까
싫어도 조용히 해라."

　"그 도련님한테 전해라. 시끄러우면 네가 다른 데 가서 놀
라고."

"……."

추이의 말을 들은 칼자국 사내의 이마에 힘줄이 돋아났다.

그는 자신의 흑의를 가리켰다.

가슴팍에 쓰여 있는 패(佩)라는 글자가 시뻘건 색으로 빛나고 있었다.

"이 위에는 패도회의 도 공자님께서 계신다. 죽고 싶으면 어디 계속 떠들어 봐라."

칼자국 사내의 말에 추이는 손으로 턱을 한번 쓸었다.

패도회.

여러모로 꽤 낯익은 이름이다.

언젠가 죽였던 장강수로채의 수적이 이렇게 말했었다.

'패도회에서 너희들에게 말 좀 전해 달라더라. 지금까지 상납금 바치느라 수고 많았고, 이제 어디로 팔려 가든 간에 거기가 고향이다~ 생각하면서 정붙이고 살아 보라고.'

그 말을 들은 파등선의 여인들이 보였던 반응도 기억난다.

'그, 그럴 수가…… 이젠 빚도 거의 다 갚았는데…….'

'무슨 소리예요 이게? 저, 저한테는 올해까지만 일하면 집에 갈 수 있다고…….'

'팔다뇨? 우, 우리를요? 우리를 당신들에게 팔았다구요?'

'어, 엄마…… 엄마 보러 가야 되는데 나…….'

파시(波市)에서의 기억을 떠올린 추이는 고개를 끄덕였다.

어쩌면 사망매화를 성문 안으로 통과시키는 것이 더 빨라질 수도 있겠다.

추이는 계단 위에 있는 칼자국 사내를 향해 말했다.

"조용히 하겠다."

"흥. 이제야 주제 파악을 했느…….""

그 순간.

추이의 품에서 두 자루의 송곳이 튀어나왔다.

눈 깜짝할 사이에 계단을 뛰어 올라간 추이는 두 자루의 송곳을 칼자국 사내의 양쪽 귀 깊숙이 박아 넣었다.

"……! ……! ……!"

칼자국 사내는 무슨 일이 벌어졌는지조차 모른 채 눈을 부릅떴다.

하지만 아무런 소리도 들려오지 않는다.

송곳이 양쪽 고막에 쑤셔 박힌 것도 모자라 두개골을 뚫고 그 안의 뇌까지 찔러 놓았으니 당연하다.

"이제 조용해졌지?"

추이는 '도련님'께서 놀고 계신다는 상층으로 올라가며 말을 이었다.

"곧 더 조용해질 거야."

호북성의 상징은 무당파다.

무당파는 구파일방의 한 축을 떠받치고 있는 정도십오주의 일원이자 호북성 최강의 무력 집단이었다.

　그 밑으로는 제갈세가가 있었다.

　제갈세가는 비록 오대세가에 포함되지는 못했지만 호북성 내에서는 나름대로 큰 위세를 자랑하는 유명한 세가였다.

　무당파와 제갈세가는 모두 정도에 속하는 무력 집단.

　하지만 호북성에도 꽤나 유명한 사도 조직이 있다.

　패도회(佩刀會).

　호북성 최강의 사파.

　초장현에 근거지를 두고 있는 이들의 위세는 무려 제갈세가와 패권다툼을 벌일 정도로 대단한 것이었다.

　명실공히 호북 사파를 대표한다고 할 수 있는 이 강력한 조직의 주요 수입원은 인신매매.

　큰돈을 벌 수 있다고 어린 여자들을 살살 꼬시거나, 여의치 않으면 납치 유괴마저도 서슴지 않는 이들의 사업 방식은 공공연한 비밀이었다.

　패도회는 먼 지방의 꽃다운 처자들을 반강제로 납치해 와서 기루에서 일하게 하거나, 먼 지역에 팔아넘기는 것을 통해 막대한 부를 축적했다.

　그리고 그 부의 상징이 바로 초장현의 최고 번화가 한복판에 있는 이 '부차루'였다.

　높은 누각들로 이루어져 있는 이 화려한 기루에는 전국 각지에서 모인 수많은 기녀들이 술과 웃음으로 포장된 피눈물을 팔고 있었다.

"후후후후—"

한 남자가 부차루의 최상층, 가장 넓고 화려한 방 안에서 조용히 웃는다.

그는 하얀 얼굴에 여리여리한 몸, 아름다운 이목구비를 가진 미남자였다.

도좌윤.

패도회주의 외동아들이자 패도회의 후계자.

그는 일찌감치 자신의 것으로 넘겨받은 부차루에 매일같이 드나들고 있었다.

기루의 경영 상태를 점검한다는 명목이기는 하지만 실상은 새로 들어온 기녀들을 제일 먼저 접하기 위함이었다.

도좌윤은 손에 든 수배서를 한번 팔랑 흔들었다.

"사망매화. 한때는 옥룡공자(玉龍公子)라고 불렸다지? 이자와 나 중에 누가 더 인물이 좋은가?"

그러자 옆에 있던 기녀들이 웃음 지었다.

"당연히 도 공자님이죠."

"어찌 감히 비교가 되겠습니까."

"결이 완전히 다른걸요."

"……."

기녀들의 아부를 들은 도좌윤은 껄껄 웃었다.

"이자는 선이 굵직굵직한 게 전형적인 사내대장부상이고. 나는 선이 여리여리한 게 기생오래비 같지 않은가?"

"저는 도 공자님의 외모가 훨씬 더 좋아요."

"저두요."

"저두."

"……"

기녀들은 콧소리를 내며 도좌윤에게 들러붙는다.

그때, 도좌윤의 시선이 맨 끝에 있는 기녀 하나를 향했다.

그녀는 어색한 표정으로 쭈뼛쭈뼛 망설일 뿐 아까부터 도좌윤의 말에 대답하지 않고 있었다.

"너. 이름이 뭐냐?"

도좌윤의 지목을 받은 기녀가 얼른 머리를 조아렸다.

"벽리향이라 합니다."

"표정이 근데 왜 그렇게 어두워?"

그러자 다른 기녀가 도좌윤에게 말했다.

"쟤는 엄마랑 여동생이 멀리 떨어진 장강으로 팔려 갔는데, 그게 걱정이 되어서 맨날 표정이 저렇대요."

"그래? 장강이면 우리 패도회의 관할은 아닌데?"

고개를 갸웃하던 도좌윤은 벽리향이라는 이름의 기녀를 향해 씩 웃어 보였다.

"아무래도 아버님이 네 어미와 동생을 장강수로채에 파셨나 보구만. 그럼 뭐, 이제는 끝났다고 봐야지."

"……"

벽리향의 얼굴이 흙빛으로 변했다.

그게 재미있다는 듯, 도좌윤은 빙글빙글 웃는 낯으로 말을 계속했다.

"지금까지 몸판 돈 쪼개서 상납금 바치느라 고생했을 텐데 참으로 장한 여자들이군. 마지막으로 몸값을 확 땡겼을 테니 우리 쪽에서는 수익이 아주 짭짤하겠어."

"……"

"이제 우리 패도회의 손을 떠났으니 별수 있나. 어디로 팔려 가든 간에 거기가 고향이다~ 생각하고 정 붙여야지."

"……"

"아, 근데 상대가 장강수로채의 수적들이라 그건 좀 힘들 수 있겠군. 하하하하— 우리도 뭐, 더 이상 손님 받기가 힘들어진 폐기(廢妓)들 위주로 팔아먹기는 하지만, 그놈들은 거기에서도 어떻게든 악착같이 본전을 뽑아낸단 말이지. 참 신기해— 며칠 전에도 한 계집년이 와서 문기에 비슷한 말을 해줬던 적이 있는데 말이야."

벽리향의 얼굴은 이제 거의 울 것처럼 변했다.

도좌윤은 그런 그녀의 얼굴을 손으로 턱 붙잡았다.

그러고는 비릿한 미소를 지으며 그녀의 귓가에 속삭인다.

"너도 그 꼴 나기 싫으면 오늘 밤 최선을 다하는 게 좋을 거야. 장강수로채 구경 가고 싶지는 않지?"

커다란 뱀이 몸을 휘감아 오는 듯한 감각.

하지만 벽리향은 아무런 저항도 할 수 없는 처지였다.

그녀가 결국 눈물을 떨구는 순간.

…쾅!

옆에서 요란한 소리가 들려왔다.

"뭐냐?"

도좌윤이 벽을 바라보았다.

…쾅! …쾅! …쾅!

벽 너머의 복도에서 들려오는 소음은 점점 이쪽을 향해 다가오고 있었다.

술상 말석에 앉아 있던 호위무사 하나가 말했다.

"옆방 문들이 부서지고 있는 모양입니다. 누가 난동을 부리고 있는가 보군요."

"어떤 미친놈이?"

도좌윤이 피식 웃었다.

아무리 그래도 설마 자신이 있는 방문까지 부수겠냐는 듯 여유로운 기색이었다.

하지만.

…콰콰쾅!

예외는 없었다.

도좌윤이 있는 방문이 박살 나며 한 소년이 방 안으로 들어왔다.

추이. 시커먼 곤을 짊어지고 있는.

도좌윤의 시선이 추이를 물끄러미 바라본다.

"이건 또 뭐 하는 거지새끼야? 부차루 이제 아무나 막 들어오네?"

도좌윤의 말이 떨어지자마자 술상의 건너편에 앉아 있던 다섯 호위무사가 자리를 털고 일어났다.

패도육호(佩刀六虎).

도좌윤을 호위하는 여섯 명의 호위무사를 뜻한다.

이들은 하나같이 패도회 내부에서 손에 꼽힐 정도로 강한 칼잡이들이었다.

자신의 앞을 막아서는 다섯 사내를 보며 도좌윤은 투덜거렸다.

"육도(六刀)는 어디서 뭐 하는 거야? 계단 막고 있으라고 했더니."

"이놈 말이냐?"

추이가 잘린 목 하나를 술상 위로 내던졌다.

텅– 텅– 와르르르–

앞서 송곳에 귀를 맞아 죽었던 칼자국 사내의 모가지가 술병과 안주들 위로 요란한 소리를 내며 뒹굴었다.

"……."

"……."

"……."

"……."

"……."

남은 다섯 사내의 표정이 딱딱하게 굳었다.

이윽고, 다섯 개의 칼이 뽑혀 나온다.

육도(六刀)가 죽었으니 일도(一刀), 이도(二刀), 삼도(三刀), 사도(四刀), 오도(五刀)가 남은 셈이다.

도좌윤이 헛웃음을 지었다.

"저놈 몸에 상처 하나 낼 때마다 은자 한 냥이다. 팔이나 다리를 자르거든 열 냥, 목을 잘라 오면 백 냥 준다."

그 말에 다섯 사내의 눈에서 불이 번뜩였다.

촤촤촤촤—

다섯 개의 도가 벼락처럼 떨어져 내렸다.

추이는 곤을 휘둘렀다.

내력과 내력이 부딪치며 충격파가 발생한다.

주변의 집기들이 죄다 부서지며 내력의 조각들이 곳곳에 깊은 상흔을 남겨 놓았다.

추이는 턱 끝으로 들어오는 칼끝을 피한 뒤 곤을 던지듯 내질렀다.

떠—억!

오도(五刀)의 가슴팍이 뭉개지며 피와 살점이 튀었다.

비명조차 지르지 못하고 꺽꺽거리는 그를 향해 추이는 몸을 한 번 빙글 돌렸다.

오도의 가슴팍을 때렸던 곤 역시도 빙글 회전하며 반대쪽 끝이 그의 머리통을 산산조각으로 부숴 놓는다.

최—악!

피분수가 일어 방의 벽면을 온통 빨갛게 물들였다.

근처에 있던 사도가 시야를 가리는 피 안개에 당황하는 순간.

푸욱—

추이가 던진 송곳이 그의 미간 사이에 박혀 들어갔다.

터억— 퍽!

선 채로 절명한 사도의 어깨를 밟고 뛰어오른 추이가 방바닥에 마름쇠를 뿌렸다.

"이런 미친!"

"시비 걸러 온 게 아니었군."

"작정하고 온 살수(殺手)다! 회에 알려!"

일도, 이도, 삼도가 이를 악물었다.

삼도가 등을 돌려 방 밖으로 뛰쳐나갔다.

패도회에 습격 사실을 알리려는 목적이었다.

하지만 그것은 불가능했다.

마름쇠 때문에 방바닥에 발을 디딜 공간이 많지 않았고, 또 무엇보다 삼도가 발을 떼자마자 추이가 그를 향해 곤을 던졌기 때문이다.

뼈—억! 쾅!

작살처럼 날아든 곤이 삼도의 등을 꿰뚫고 들어가 심장을 터트린 뒤, 가슴팍을 뚫고 튀어나와 벽까지 부쉈다.

추이는 벽에 박힌 곤을 쑥 뽑아 들고는 삼도의 시체를 빼지도 않은 채 휘둘렀다.

…퍽! …퍼억!

일도와 이도는 엉겁결에 칼을 휘둘렀지만 곤에 꿰인 삼도의 시체만 너덜너덜해질 뿐이었다.

"미친놈!"

"시체를 방패처럼 써먹어!?"

말은 그리하고 있으나 일도와 이도 역시도 보통 강단의 사내들이 아니다.

그들은 불과 몇 초 전까지만 해도 동료였던 이의 시체를 난도질하며 그 너머에 있을 추이를 공격했다.

그들의 합격술은 꽤나 절묘한 것이어서 추이조차도 단번에 제압하기가 힘들었다.

그래서 추이는 편한 길을 택하기로 했다.

…퍼억!

추이는 사도의 시체에 박혀 있던 송곳을 걷어차 그것을 뽑아냈다.

그리고 곤을 휘두르면서 자연스럽게 송곳의 손잡이 부분을 후려쳐 날려 보냈다.

"흐악!?"

바로 도좌윤이 덜덜 떨고 있는 방향으로.

"공자님!?"

일도가 도좌윤을 지키기 위해 몸을 날렸다.

워낙 급박한 상황인지라 일도는 날아드는 송곳을 자기 팔로 막아 낼 수밖에 없었다.

그 와중에 이도는 추이의 곤을 홑몸으로 막아 내고 있었다.

물론, 지금껏 일도와의 합격술로 인해 겨우겨우 동수를 이루던 것을 혼자서 감당해 낼 수 있을 리가 없다.

빠—각!

추이는 순식간에 이도의 칼을 두 동강 냈고 내친김에 그의 골통마저 수백 조각으로 깨 놓기에 이르렀다.

이제 남은 이는 팔 부상을 입은 일도뿐이다.

추이는 묵묵히 그 앞으로 걸어갔다.

일도가 말했다.

"돈을 받고 일하는 것이냐. 아니면 패도회에 원한이 있느냐."

"둘 다 아니다."

추이의 대답에 일도는 혼란스럽다는 듯 잠시 입을 다물었다.

이윽고, 일도가 말했다.

"나는 주인을 위해 일하는 사람이다. 대체 무엇을 해야 주인을 지킬 수 있을지 알 수 없어 혼란스럽구나."

그는 곧은 시선으로 추이를 바라보았다.

그러고는 간절한 어조로 말을 이었다.

"너는 심지가 곧고 의기가 반듯한 사내로 보인다. 그러니 필시 너처럼 심지가 곧고 의기가 반듯한 사내를 존중할 줄 알겠지."

"……?"

추이가 의아한 표정을 짓자 일도는 두 눈을 질끈 감았다.

"주인을 위해 일하는 자로서 너에게 죽을 각오를 하고 덤벼들고 싶지만…… 그것이 아무 소용도 없다는 것이 앞선 동료들의 죽음으로 증명되었다. 그러니, 나는 조금 다른 방식으로 죽음을 맞이하고자 한다."

이윽고, 일도는 추이의 앞에 무릎을 꿇은 채 머리를 조아리며 말했다.

"나는 너에게 대항하지 않고 자결하겠다. 그러니 너의 시간을 아껴 준 나의 최후를 봐서라도 주인만은 살려 주기를 바란다."

동시에. 일도는 칼을 거꾸로 쥐고는 자신의 목을 찔렀다.

쿵―

그 뒤 피를 쏟아 내며 그대로 쓰러져 죽었다.

"……."

추이는 고개를 갸웃했다.

그러고는 저 뒤에서 덜덜 떨고 있는 도좌윤을 바라보았다.

"그렇게 목숨을 걸고 지킬 만한 주인으로는 안 보이는데."

하지만 남을 어떻게 보고, 어떻게 판단하든 간에 그것은 자기 마음이다.

이윽고, 추이는 곤을 높이 들어 올렸다.

그러자 도좌윤이 납작 엎드렸다.

"사, 살려 주세요!"

"……."

"도, 돈 다 드릴게요! 원한이라면 제 아버지한테 푸세요! 저는 아무것도 잘못한 게 없어요! 정말이에요!"

도좌윤은 오줌까지 지리며 애걸했다.

그는 옆에 벗어 놨던 전낭에서 은자들과 전표들을 있는 대로 꺼내 추이의 앞에 바쳤다.

"이, 일단 제가 가진 건 이게 다예요! 지, 집에 가면 더 가져올 수 있고요! 다 가져가세요! 다 드, 드리겠습니다!"

하지만 추이는 조금의 표정 변화도 없었다.

다만 귀찮다는 듯 짧게 대답했을 뿐이다.

"필요 없어."

필요한 것은 따로 있기 때문이다.

…와장창창!

고가의 미술품, 값비싼 비단 장식, 그 외의 온갖 비싸고 사치스러운 가구들이 죄다 박살이 났다.

추이는 방과 복도의 모든 것들을 싸그리 다 몽둥이로 때려

부순 뒤 거기에 불을 싸질러 버렸다.

화르르륵!

높은 누각에서 피어오른 불길이 점점 아래로 번져 가고 있었다.

"으으…… 으으으으……."

도좌윤은 부차루가 불타는 것을 보면서도 아무것도 할 수 없었다.

그저 오줌 바닥에 납작 엎드려 덜덜 떨 뿐.

추이는 곤을 들어 올렸다.

"네 부하의 의기를 봐서 목숨은 거두지 않겠다."

"고, 고맙습…… 아아아악!"

추이를 향해 엎드리려던 도좌윤이 새된 비명을 질렀다.

흑색의 곤이 그의 어깨를 부숴 버렸기 때문이다.

…와직! …빠직! …우드득!

도좌윤의 왼쪽 팔 전체의 뼈가 잘게 부서졌다.

아마 평생 쓰지 못할 것이 분명해 보였다.

추이는 곤을 옆으로 움직여 도좌윤의 오른쪽 팔 역시도 똑같이 만들어 주었다.

그다음은 오른쪽 다리, 그다음은 왼쪽 다리였다.

"아. 그리고 하나 더 있군."

추이는 품에서 망치를 꺼내 들었다.

그리고 팔다리를 모두 잃어버린 도좌윤의 사타구니를 향

해 힘껏 내리찍었다.

뻐-적!

고기가 으깨지는 소리와 함께, 도좌윤이 눈을 까뒤집고 기절했다.

추이는 옆에 쓰러져 있는 일도의 시체를 바라보았다.

"약속은 지켰다."

죽이지는 않았으니 일도가 살아생전 마지막으로 말했던 소원은 이루어진 셈이다.

"분수에 맞지 않는 부하를 둔 것이 꼭 좋은 일은 아니지."

추이는 게거품을 물고 기절한 도좌윤의 입을 발로 꾹 눌러 벌렸다.

똑-

추이의 손끝에서 피 한 방울이 떨어져 도좌윤의 입속으로 들어갔다.

⁂

부차루 위에서 너울거리는 화염이 밤하늘을 환하게 밝힌다.

거대한 촛불처럼 이글거리는 누각들을 뒤로하고, 추이는 밖으로 나왔다.

그곳에서 추이를 기다리고 있는 이들은 한 무리의 기녀 떼였다.

추이가 밖으로 나오자 기녀들 무리 중 몇몇이 추이를 성토
했다.

"이곳은 우리들의 터전이오!"

"우리들은 여기서 평화롭게 살고 있었어! 빚도 거의 다 갚
아 가고 있었고!"

"그런데 당신 때문에 일할 곳도, 머물 곳도 잃어버렸어!"

"당신은 당신이 정의로운 줄 알지? 아주 큰 착각이야!"

"영웅 놀이에 심취하려거든 다른 데 가서 할 일이지, 왜
하필 여기에서 지랄이냐고!"

기녀들은 추이를 향해 그릇이나 비녀 등등을 집어 던지며
화를 냈다.

그러자.

부—웅!

추이가 곤을 휘둘렀다.

곤에서 뿜어져 나오는 살기등등한 바람에 기녀들은 겁을
집어먹고 일제히 엉덩방아를 찧었다.

추이는 얼빠진 얼굴로 앉아 있는 기녀들의 면면을 쭈욱 훑
아보았다.

파시에서 만났던 파등선의 기녀들이 떠오른다.

폐기(廢妓)가 되어 폐기(廢棄)처분된 여자들.

그리고 이곳에서 아직 멀쩡하게 현역으로 일하고 있는 여
자들.

머릿속에 떠오르는 얼굴들과 눈앞에 보이는 얼굴들을 비교하며, 추이는 말했다.

"정의니 뭐니, 나는 모른다."

아무런 감정도 없는 표정, 건조하기 짝이 없는 목소리.

"나는 내 마음 가는 대로 살 터이니 너희도 너희 마음 가는 대로 살아라."

그 말에 기녀들의 표정이 멍하게 바뀐다.

추이는 곤을 빗겨들고는 불길 너울거리는 부차루를 떠났다.

정의니 영웅이니 하는 것은 별로 관심 없는 주제였다.

다만, 오직 한 사람.

"……고맙습니다. 고맙습니다."

벽리향이라는 이름의 기녀 한 명만이 그런 추이의 등 뒤에 절을 올리고 있을 뿐이었다.

✤

초장현의 성문 소관(昭關).

이곳의 경비대장 원월은 멀리서 아스라이 번져 오는 화광에 깜짝 놀라 막사 밖으로 뛰쳐나왔다.

"저게 무슨 일이냐?"

하지만 경비병들 역시도 아는 바가 없었다.

원월은 성문 근처에 있던 화산파와 무당파의 무인들을 돌아보았다.

하지만 그들 역시도 고개를 저었다.

"저곳은 사파의 영역인지라 저희도 순찰을 제한적으로만 돌고 있었습니다."

"패도회와 마찰을 일으키면 자칫 문제가 커질 수 있으니까요."

결국 무슨 일이 벌어졌는지 모른다는 뜻이다.

그때.

순찰을 나갔던 경비병들이 헐레벌떡 뛰어오며 외쳤다.

"불입니다! 부차루에 불이 났습니다!"

"술값 때문에 시비가 붙은 왈패들이 불을 낸 것 같답니다!"

"누각들 너머로 불이 번지고 있습니다! 큰일입니다!"

화재 사건이 났다.

원월은 이마를 짚었다.

"병사들을 풀어서 우물물을 길어 와라. 바람이 세니 불이 번지지 않게 조기에 진압해야 한다."

성벽이 분주해졌다.

성문을 지키고 있던 병사들 대부분이 화재 진압을 위해 뛰쳐나갔다.

그때, 원월은 성문을 향해 뛰어오고 있는 두 남자를 발견했다.

한 명은 소년이었고, 다른 한 명은 방립으로 얼굴을 가리고 있는 큰 키의 남자였다.

원월은 그중 하나의 얼굴을 알아보았다.

"아, 일전의 그 의원이시군. 이름이 뭐였지?"

"동고공입니다."

"맞네. 동고공. 패도회로 갔던 정력제 장수."

원월의 말을 들은 동고공 의원은 고개를 끄덕였다.

"그렇습니다. 성문을 좀 열어 주십시오."

"뭐? 성문은 왜?"

"짐이 무거워서 밖에 버리고 왔던 약재들이 있습니다. 그 약재들이 급히 다시 필요해졌습니다."

원월은 가당찮다는 듯 고개를 저었다.

"어명이 아니고서야 성문을 움직일 수는 없다. 그것이 금릉(金陵)에 도읍을 정했을 때부터 줄곧 지켜져 내려오는 법이다."

성문을 열려면 아직 시간이 한참 남았다.

그리고 철저한 수색과 꼼꼼한 조사 없이는 그 누구도 통과시킬 수 없는 일.

하지만 동고공 의원은 계속 같은 말을 했다.

"성문을 열고 약재를 더 가져와야 합니다. 안 그러면 정말로 큰일이 납니다."

"무슨 큰일?"

"지금 귀하신 분이 아파서 몸져누워 있습니다. 그 약재를 가지고 오지 않으면 분명 돌아가실 겁니다."

사람 목숨이 달린 일이란다.

더군다나 그 사람이 매우 지체 높은 인물이라면?

원월의 얼굴에 약간의 머뭇거림이 깃들었다.

"그 귀하신 분이 누군데?"

"패도회의 도좌윤 공자입니다."

동고공 의원의 말에 원월은 다시 한번 손바닥으로 이마를 짚었다.

그때, 아까 부차루의 이상을 보고했던 경비병들 몇몇이 원월에게 달려와 속삭였다.

"저 의원의 말이 맞습니다. 패도회의 도 공자가 지금 중태랍니다. 팔다리가 다 부러진 데다가 사타구니도 으깨졌고…… 게다가 무슨 이상한 독에 중독되었는지 정신도 오락가락하고 있다더군요."

"패도회라……."

부하의 보고를 받은 원월은 사태의 심각성을 느꼈다.

'패도회주의 아들 사랑은 끔찍하기로 유명하지. 만약 내가 규율을 운운하며 성문을 열어 주지 않는다면 도 공자의 치료가 늦어질 것이고, 그러다가 만약 도 공자가 잘못되기라도 하면 패도회주의 원한을 꼼짝없이 나 혼자 뒤집어쓰게 되겠군.'

원월의 생각을 읽기라도 한 듯, 동고공 의원이 말했다.

"지금 성문을 열어 주시면 약재를 가지고 와 도 공자를 치료할 수 있습니다. 그렇게 되면 경비대장께서는 패도회의 은인이 되실 수 있습니다."

"……."

원월은 생각했다.

지금 눈 딱 감고 문을 열어 주면 그는 패도회의 은인이 된다.

하지만 원리원칙을 고집하며 문을 열어 주지 않는다면 그는 패도회의 원수가 된다.

첫 번째 경우에는 온통 좋은 일뿐이다.

패도회에서 두둑하게 뒷돈을 찔러줄 것이고, 그것이면 처자식들을 한동안 살뜰하게 보살필 수 있다.

이후 진급에 필요한 여러 공적들을 세울 때 패도회의 힘을 빌릴 수도 있을 것이다.

두 번째 경우에는 온통 나쁜 일뿐이다.

제아무리 나라의 녹을 먹는 관인이라고 해도 토착 세력들과 불화를 일으키면 미래가 고달픈 법.

그가 무슨 일을 하려고 할 때마다 패도회가 어깃장을 부리며 협조하지 않는다면 앞으로의 업무가 몹시 고달파진다.

그러기만 하면 다행이지, 재수 없으면 퇴근길에 눈먼 칼에 맞을 수도 있는 것이다.

결국 원월은 끙 소리를 내며 고개를 끄덕였다.

"성문을 조금만 열어 줘라. 의원이 지나갈 수 있게."

"옙!"

병사들이 잘 생각했다는 듯 고개를 끄덕였다.

그들 역시도 상관이 문을 열어 주지 않으면 어쩌나 노심초사했던 모양이다.

이윽고, 절대 열리지 않을 것 같았던 소관의 철문이 살짝 열렸다.

딱 한 사람만 지나갈 수 있을 정도의 좁은 틈이었다.

동고공 의원은 원월에게 고개를 꾸벅 숙여 보이고는 잰걸음으로 돌아섰다.

그때, 원월이 동고공 의원을 불렀다.

"잠깐. 뒤에 그 친구는 뭔가?"

원월의 시선은 동고공 의원의 뒤를 따르고 있는 큰 키의 남자를 향해 고정되어 있었다.

그러자 큰 키의 남자가 얼굴을 가리고 있던 방립을 벗었다.

검댕에 잔뜩 그을려 있는 그의 얼굴은 원월을 비롯한 모든 병사들이 아는 이의 것이었다.

"뭐야. 부차루의 점소이 황눌(訥)이잖아."

"너 얼굴이 왜 그 모양이야?"

"아, 부차루에 불이 나서 탄 모양이구만."

병사들이 한마디씩 했다.

녀석은 이곳 초장현에서 수십 년을 살아온 토박이니 굳이 신원을 확인할 것도 없었다.

동고공 의원이 말했다.

"제가 밤눈이 어둡고 힘도 없어서 급한 대로 데려왔습니다. 이놈이 밤길을 안내해 주고 짐도 들어 줄 것입니다."

"알겠소. 어서 가 보시오. 성문을 닫아야 하니."

원월은 점소이 황눌을 향해 손사래를 쳤다.

그는 열린 성문을 다시 닫아야 한다는 강박 때문에 몹시 조급해 보였다.

이윽고, 동고공 의원과 점소이 황눌은 성문 밖으로 빠져나갔다.

······그리고 잠시 뒤.

동고공 의원과 점소이 황눌은 약초가 잔뜩 실려 있는 지게를 들고 성문으로 되돌아왔다.

동고공 의원은 성문을 통과하려다 말고 원월에게 물었다.

"도 공자의 상태는 어떻답니까?"

"더 안 좋아졌다더군. 그러니까 어서 가 보게. 괜히 내가 시간을 빼앗았다고 할지 모르니."

원월은 인상을 찡그리며 대답했다.

병사들 역시 방금 나갔다가 들어온 두 사람을 새삼 다시 검문하려 들지는 않았다.

동고공 의원은 고개를 끄덕이고는 서둘러 움직였다.

약재를 잔뜩 짊어진 점소이 황눌이 그 뒤를 바삐 따랐다.

경비병들은 두 사람이 곁을 지나가는 것을 신경도 쓰지 않은 채 화재를 구경하기에 여념이 없었다.

다만, 그중에도 눈썰미 좋은 병사 몇몇이 있어.

"어라? 황눌 저 녀석, 덩치가 좀 더 커진 것 같지 않아?"

"그런가? 어두워서 못 봤네."

"지게도 이상하게 들고 가는구먼. 왼팔을 뭐 저리 흐느적 거려?"

"신경 끄고 우리도 물이나 뜨러 가세. 이쪽으로 번질라."

멀어지는 둘의 모습을 보며 대수롭지 않게 떠들고 있을 뿐이다.

소관 밖. 성벽에서 멀리 떨어진 숲속.

점소이 황눌은 어둠 속에 혼자 남아 덜덜 떨고 있었다.

옷과 방립은 빼앗긴 지 오래.

내일 아침에 성문이 열리기 전까지는 꼼짝없이 여기서 밤 이슬을 맞고 있어야 하는 처지였다.

'이 남자와 옷을 바꿔 입어라. 그리고 내일 진시초(辰時初) 까지는 성문 안으로 들어올 생각일랑 말도록. 만약 말을 듣지 않는다면…… 패도회의 도가 놈처럼 될 줄 알아라.'

황눌은 다짜고짜 기루의 문을 부수고 들어와 자신의 뺨을 때린, 그리고 자신을 잡아 와 이곳 숲속에 떨궈 버린 소년을 떠올리며 눈물 한 방울을 흘렸다.

"……씨발 새끼."

욕이 절로 나온다.

사망매화 오자운.

그는 나무뿌리 아래로 바싹 마른 솔잎을 끌어모아 덮은 채 몸을 웅크리고 있었다.

모닥불이 꺼지고 숯에서 나던 연기마저도 사그라들었지만 오자운은 그 자리에서 꼼짝도 하지 않았다.

'……'

몇 날 며칠 동안 제대로 자지도, 먹지도 못했다.

무림맹의 개들을 피하며 입은 내상과 흉터들이 밤이슬에 닿아 곪아 간다.

두통과 함께 고열이 올라왔고, 구역질과 속쓰림이 온통 배 속을 헤집고 있었으며, 발은 이미 검고 푸르게 변해 제 색깔인 곳을 찾기가 힘들 정도였다.

…끔뻑!

찰나의 순간 이승과 저승의 경계를 오갔다.

잠깐 잠에 빠졌던 것일까, 아니면 죽었다가 소생한 것일까, 아니면 처음부터 쭉 제정신이었던 것일까.

꿈과 현실, 이승과 저승조차 구분하지 못하는 상황에서, 오자운은 아내를 마주쳤다.

처(妻) 강아.

원래도 하얗던 얼굴이 더더욱 하얗게 변했다.

순하게 내려가 있었던 눈꼬리는 노기로 인해 하늘로 솟았고 그 곱던 머릿결은 바늘처럼 꼿꼿하게 곤두서 있었다.

강아는 입에서 피를 토하며 말했다.

'당신과 혼인하지 않았더라면 나는 독살당하지 않았을 것이오.'

오자운은 달려가서 아내를 끌어안고자 했으나 그와 아내 사이의 거리는 아무리 달려도 좁혀지지 않았다.

강아는 원독 어린 표정으로 한동안 오자운을 노려보던 끝에 홀연히 사라져 버렸다.

'가지 마오, 가지 마오, 부인! 가지 마시오.'

오자운은 애타게 부르짖었으나 산 자와 죽은 자의 간극은 절절한 마음만으로 극복할 수 있는 것이 아니었다.

그때, 목이 터져라 부르짖는 오자운의 뒤로 또 하나의 그림자가 나타났다.

차갑고 이지적인 인상의 미녀.

가늘게 뜬 눈에서는 북풍보다도 더한 냉기가 흘러나오고 있다.

맹영 사매. 그녀는 초막에서 보았던 마지막 모습과 같이 반라의 모습으로 서 있었다.

'사매. 괜찮소? 살아 있었구려!'

오자운이 소리쳤다.

그러자 맹영은 대답 대신 자신의 가슴팍을 가리고 있던 옷고름을 풀어 헤쳤다.

이윽고, 오자운의 눈앞으로 선명한 칼자국이 드러났다.

희고 보드라운 살갗을 매화꽃 모양으로 파고 들어간 깊숙한 흉터.

그곳에서 흘러내린 피가 하반신 전체를 붉게 물들이고 있었다.

'이럴 줄 알았으면 당신을 사모하지 말 것을 그랬어요. 아니, 아예 얽히지조차 않았어야 했는데……'

맹영은 서글픈 표정으로 오자운을 바라본다.

'사매! 사매!'

오자운은 맹영을 향해 달려갔으나 어느새 둘 사이에는 단장애보다도 훨씬 더 넓고 깊은 절벽이 생겨나 있었다.

맹영은 처연한 모양으로 서서 오자운을 기다렸으나 결국 천천히 등을 돌리고 말았다.

'……'

오자운은 아내도, 사매도 구하지 못한 채 그저 바보처럼 멍청하게 서 있을 뿐이었다.

그저.

소쩍—

지쳐 버린 불여귀(不如歸)의 울음소리만이 어두운 공간 속에 아스라이 울려 퍼지고 있을 뿐이었다.

*　*　*

"······헉!?"

이윽고, 오자운은 눈을 떴다.

살얼음처럼 얇았던 선잠을 차가운 새벽이슬이 깨트렸다.

꺼진 모닥불 속, 타다 남은 장작들과 잿더미가 축축하게 젖어 있었다.

소쩍—

먼 곳에서 망제(望帝)의 넋이 운다.

산짐승조차 오지 않는 어두운 산중에 오직 오자운만이 홀로 남아 있었다.

"······."

오자운은 한숨을 내쉬었다.

사라진 왼팔이 시렵다.

잘려 나간 뼈마디가 시큰거릴 때마다 아까 꾸었던 악몽 생각이 났다.

아내 강아, 사매 맹영.

두 여자의 죽음에 얽혀든 자신의 운명은 대체 어떤 파국을 맞이하게 될 것인가.

'아마도 그리 안락한 마지막은 아니리라.'

무수히 많은 칼침을 맞거나, 두 눈알이 뽑히거나, 머리가 잘려 효시되거나, 그것도 아니면 차가운 강물에 내던져질지도 모른다.

'……하지만 그것이 지금은 아니지.'

오자운은 이를 악물고 몸을 일으켰다.

일모도원 도행역시라.

갈 길은 멀고 순리는 따르기 어렵다.

문득, 오자운은 불안감을 느꼈다.

'내가 지금 기다리고 있는 추이란 인물. 그는 대체 어떤 인물인가? 믿어도 좋은 자일까?'

자신의 이름을 추이라 밝힌 그는 하나부터 열까지 모두 비밀투성이였다.

사문이 어디인지도, 과거가 어떤지도, 진짜 이름과 신분이 무엇인지도 알 수 없었다.

그저 묵묵히 자신의 앞길을 열어 주는 사람.

금방 떠나 버릴 것 같으면서도 의외로 꾸준히 옆에 있어 주는 존재.

하지만 오자운은 추이를 온전히 믿지 않았다.

비록 그가 자신의 아비를 제사지내 주고, 묘의 벌초를 대신 해 주고, 추격자들을 물리쳐 주었지만…… 그럼에도 불구하고 수상한 점이 한두 가지가 아니었다.

'마교의 인물일 리도 없다. 애초에 마교는 내가 무림공적으로 지목되어 쫓기고 있는 것조차 모를 터. 그런 마당에 나를 마중 나올 리가 없지 않은가.'

오자운은 추이를 몇 번이나 떠보았지만 추이는 결코 마교에 관련된 그 어떠한 것조차 입에 담지 않았다.

차라리 뭔가 변명이라도 했다면 의심할 것도 없이 떠났을 텐데, 꿋꿋하게 아무런 변명도 설명도 하지 않는다는 점에서 오히려 묘한 신뢰가 가기도 했다.

……하지만 신뢰가 간다는 점에서 오히려 신뢰가 안 가기도 하는 것이 도망자의 복잡한 마음이다.

완전히 의심할 수도, 완전히 신뢰할 수도 없는 양가적인 상황 속에서, 오자운은 추이가 마지막으로 했던 말을 떠올렸다.

'반나절 안에 너를 저 성벽 안으로 들여보내 주마.'

너무나도 자신만만하던 그 목소리. 그 표정. 그 태도.

곁에 있노라면 묘하게 의지하게 되는 그 뒷모습에 오자운은 다시 한번 망설였다.

'저 성벽 안으로 들여보내 주겠다는 것이…… 밀고를 해서 잡혀 가게 만든다는 뜻은 아니겠지?'

신뢰가 가다가도 또다시 의심암귀가 고개를 든다.

조용한 숲속의 어둠에 홀로 파묻혀 있으니 더더욱 그런 마음이 드는 것이다.

'차라리 추이, 그자를 죽이고 혼자서 도망칠까? 지금이라도…….'

순간 오자운은 자신의 생각에 퍼뜩 놀라 고개를 저었다.

지금껏 자신을 도와줬던 사람에게 이 무슨 끔찍한 생각이란 말인가.

설사 그가 배신자라고 해도 아비의 제전에 죽엽청과 아귀포를 올려 준 은혜를 생각하면 감히 그래서는 안 된다.

게다가 추이는 죽이려고 해도 쉽사리 죽어 줄 것 같지도 않았다.

"……."

오자운은 자신의 칼을 너무도 손쉽게 막아 내던 추이의 곤을 떠올렸다.

도저히 뚫을 수 없을 것 같았던 철벽.

아무리 돌을 던져도 파문 하나 일어나지 않는 검붉은 호수.

추이는 바로 그런 느낌이었다.

'죽이자니 자신이 없고, 혼자 떠나가자니 자신이 없고, 같이 가자니 이 또한 자신이 없구나. 자운아. 오자운아. 너는 이토록 나약하고 못난 인간이었느냐.'

오자운은 탄식했다.

금방이라도 저 어둠 속에서 자신을 노리는 추격대의 칼끝이 빛날지 모르는 일이다.

대나무 숲을 스치는 소슬바람에 그는 숨었다가, 나왔다가, 앉았다가 일어났다가, 누웠다가, 등을 기댔다가, 문자 그대로 전전반측(輾轉反側) 하고 있었다.

　바로 그 순간.

　"오자운."

　어둠 너머에서 목소리가 들려왔다.

　오자운은 깜짝 놀라 칼을 뽑아 들 뻔했다.

　아니, 실제로 뽑아 들고 휘두르기까지 했다.

　까―앙!

　어둠 속에서 피어난 한 떨기 매화꽃이 시커먼 묵죽에 가로막혔다.

　오자운의 칼끝 너머로 표정 하나 변하지 않은 추이가 서 있었다.

　"관문을 뚫었다. 가자."

　그 순간.

　오자운은 어둠 너머로 작렬하는 한 줄기의 여명을 보았다.

　'내가 사매를 겁간하고 죽였다고 하더군.'

　'그럴 리가 없지.'

　온 세상 짐승들이 그에게 등 돌려도, 이쪽을 바라봐 주는 한 명의 인간이 있는 것이다.

"왜 우나?"

"안 운다."

동고공 의원이 점소이 황눌과 나누는 대화다.

물론 이것은 성문을 통과하기 위해 위장한 신분.

그러니까, 원래는 추이와 사망매화의 대화인 것이다.

그들은 어수선한 분위기의 소관을 그냥 통과했다.

깐깐하던 경비대장 원월은 둘을 제지하지 않고 그냥 내버려 두었다.

화산파와 무당파의 무인들 역시도 패도회와 얽히고 싶지 않은지 못 본 척하는 분위기다.

추이와 사망매화는 그물에 걸렸던 물고기가 찢어진 그물코로 나와 푸르른 창해로 도망가듯, 그렇게 거리의 인파들 속으로 섞여들었다.

"......."

사망매화는 발걸음에 힘을 실었다.

추운 산속에 홀로 있다가 사람들이 북적이는 곳으로 오니 몸이 데워지는 것 같다.

퉁퉁 부어 피가 흐르는 발이 최후의 기력을 쥐어짜 내고 있었다.

이윽고, 사망매화는 추이에게 물었다.

"대체 무슨 수를 썼길래 이 삼엄한 소관을 그냥 통과했나?"

추이는 사망매화에게 그간의 일을 간단하게 설명해 주었다.

동고공이라는 의원에게서 통행증과 약초 지게를 빼앗은 뒤, 소관을 통과하여 부차루에서 한바탕 난동을 부린 것까지 모두.

사망매화는 입을 딱 벌렸다.

'……소관을 통과하기 위해 사파(私派)의 패도회를 건드렸다고? 놀랍구나. 이게 제정신으로 취할 수 있는 계책이란 말인가!'

이런 상황에서 타초경사(打草驚蛇)라, 아무리 그래도 설마 '사(私)'를 건드릴 줄은 몰랐다.

이것은 오자운이 전혀 생각지도 못했던 허(虛)였다.

고개를 돌려 보니 정말로 저 높은 누각 건물에서 화마가 활활 타오르고 있는 것이 보인다.

저 정도의 규모라면 아마 불이 잡힌다고 해도 이틀 정도는 거리 전체가 어수선해질 것이다.

수많은 경비병들이 정신없이 물을 퍼다 나르고 있는 것을 보며, 사망매화가 말했다.

"자네는 나이도 어려 보이는데 어찌 이런 것들을 아무렇지도 않게 해내는가? 분명 누구에게 사사한 것일진대. 그렇다면 자네를 길러 낸 스승은 또 누구란 말인가?"

추이는 잠시 입을 다물었다.

이것들은 사실 오자운을 따라다니던 시절에 배운 것들이기 때문이다.

무림맹의 천라지망을 뚫고 생사경을 오가는 동안 어깨너머로 체득했던 경험들.

이것들이 지금은 오히려 추이로 하여금 오자운을 가르치게 하고 있었다.

추이는 잠시 옛날의 일을 회상했다.

'……'

까마귀들만이 날아다니던 화산파의 동문.

먼지만 수북하게 쌓인 솟대.

아무 일도 없었다는 듯 잔잔하게 흘러가던 절강의 물결.

그리고 산중에 흐드러지게 피어났던 붉은 혈매화.

그때 느꼈던, 아무에게도 말하지 못했던 속마음을, 지금 추이는 입 밖으로 꺼내 놓았다.

"받은 만큼 돌려줄 뿐."

"……?"

사망매화는 추이가 하는 말의 뜻을 알아듣지 못했다.

다만, 지금 이 순간부터 그는 추이를 진심으로 믿게 되었다.

불구경을 하기 위해 분주히 움직이는 사람들 사이에서, 사망매화는 추이에게 포권을 취하며 고개를 숙였다.

"다른 사람의 간난(艱難)을 덜어 주는 것을 인(仁)이라 하고, 곤란(困難)에 빠진 이를 구해 주는 것을 용(勇)이라 부른다 하지. 자네는 이 모든 것을 갖춘 사람이네. 지난밤 내내 자네를 의심했던 나 자신이 부끄럽군."

　"……."

　추이는 손사래를 쳤다.

　파시의 기녀들과 부차루의 기녀들을 상대하며 느꼈던 것이지만, 역시나 영웅 놀이 같은 것에는 취미가 붙질 않는다.

　이윽고, 사망매화가 물었다.

　"그래. 이제부터는 어디로 갈 셈인가?"

　그 말을 들은 추이는 다시 한번 과거를 떠올렸다.

　옛날, 험한 관문을 돌파하고 나면 추이는 늘 오자운에게 다음은 어디로 가냐며 묻곤 했다.

　그리고 그럴 때마다 오자운이 늘상 하던 말이 있었다.

　"일단 밥이나 먹으러 가지."

　다 먹고 살자고 하는 일 아니겠나.

합(合)

추이와 오자운은 한 객잔을 찾아 들어갔다.

이곳은 패도회의 영역인지라 무당과 화산의 도사들도 출입을 꺼려 하는 곳이었다.

간 크게도, 추이는 패도회의 장원에서 얼마 떨어지지 않은 객잔의 일 층에 자리를 잡았다.

그것도 입구의 발을 걷고 들어가면 바로 보이는 곳에 있는 위치였다.

태연한 표정으로 탁자 앞에 앉은 추이를 보며, 오자운은 탄성을 자아냈다.

"등하불명(燈下不明)이라. 아무리 등잔 밑이 어둡다고는 하지만 이렇게 배짱을 부리기도 힘들 걸세."

실제로 추이는 얼굴을 가린다거나 숨어 다닌다거나 하지 않고 백주대낮에 대로를 당당히 활보했다.

그것도 패도회의 정문에서 얼마 떨어지지도 않은 구역을 말이다.

그래서일까? 오가는 이들은 추이를 지나치면서도 아무런 반응도 보이지 않고 있었다.

이윽고, 점소이가 주문을 받으러 왔다.

오자운이 물었다.

"뭐가 맛있나?"

"저희 객잔에는 파는 것이 하나뿐입죠. 그걸로 내오겠습니다요."

점소이의 말은 퉁명스러웠으나 오자운은 굳이 그것을 지적하지 않았다.

몇 날 며칠을 제대로 먹지 못해 뱃가죽이 등가죽과 맞닿을 지경이었으니까.

이윽고, 음식이 나왔다.

시들시들한 푸성귀를 돼지기름으로 볶아 낸 소채볶음.

그리고 채수(菜水)를 우려낸 국물에 만 소면이었다.

뽀얀 김이 올라오는 멀건 국물 위에 기름기가 둥둥 떠다닌다.

오자운은 젓가락을 들었다.

후루룩—

국물이 배인 소면을 한 젓가락 크게 집어 입안에 욱여넣는다.

우적- 우적- 우적-

미치도록 맛있었다.

비록 별다른 간도 되어 있지 않아 그저 뜨거운 맛에 먹는 국물이지만, 어찌 되었든 간에 실로 오랜만에 먹어 보는 요리였다.

오자운은 젓가락으로 소채볶음도 집었다.

마음 같아서는 젓가락 따윈 부러트려 내던져 버리고 손으로 한 움큼 크게 쥐어 움썩움썩 씹어먹고 싶으나, 이것은 오자운에게 남은 최소한의 인간성이었다.

돼지기름에 볶은 각종 채소와 나물들이 입안에서 씹힌다.

웅취(雄臭). 눅진한 돼지 비린내.

만약 예전 같았다면 잡내를 잡지 못했다며 표정을 찡그렸겠지만, 지금 이 순간 오자운에게는 그 어떤 조미료보다도 감미롭게 느껴졌다.

짜디짠 소금기가 온몸, 살점과 내장 사이사이로 배어든다.

오자운은 눈 깜짝할 사이에 소면과 채수 국물, 그리고 소채볶음을 완식해 버렸다.

게가 마파람에 눈을 감추는 것만큼이나 빠른 속도였다.

그때쯤 해서.

"여기 요리 나왔습니…… 오잉?"

점소이가 다른 요리를 가지고 나왔다가 깜짝 놀란다.

오자운이 이미 모든 음식을 먹어 치워 버렸기 때문이다.

"......!"

오자운은 점소이가 내온 요리를 보고는 저도 모르게 침을 꿀꺽 삼켰다.

돼지의 뒷다리살을 크게 깍뚝깍뚝 썰어서 정육면체 모양으로 만든 뒤 묘한 맛이 나는 간장에 푹 재웠다가 통째로 쪄 낸 것.

별다른 이름도 없는, 이 객잔의 하나뿐인 요리였다.

그리고 그 옆에는 커다란 놋그릇이 놓였다.

여기저기 찌그러진 이 커다란 놋쇠 사발 속에는 푸르스름한 빛깔이 도는 탁주가 가득 담겨 있었다.

오자운이 점소이를 보며 물었다.

"이 술은 이름이 뭔가?"

"의록주(蟻綠酒)입니다요. 좁쌀로 담근 술입죠."

점소이는 탁주가 담긴 놋그릇을 옆에 있는 화로의 숯불 위에다 올려놓았다.

이윽고, 술이 보골보골 소리를 내며 끓는다.

그릇 중앙에서 끈적한 거품이 일어나며, 술 위에 둥둥 떠다니던 개미와도 같은 부유물들이 놋그릇 가장자리로 퍼지고 있었다.

한편, 추이는 꼬치에 꿴 매실을 숯불에 구운 뒤 입으로 가져가 씹는다.

오자운은 데운 술을 한잔 들이켰다.

"크─ 이건 밍밍해서 술 같지가 않군. 데우니까 더욱 그런 것 같으이."

"차게 먹으면 독 때문에 배탈 나. 뎁혀 먹어."

추이의 말에 오자운은 고개를 끄덕였다.

이윽고, 그는 걸신들린 사람처럼 돼지고기 찜을 먹었다.

검게 졸아붙은 돼지고기 깍두기들 역시도 금세 오자운의 배 속으로 사라졌다.

그동안 추이는 음식에는 손대지 않은 채 매실만을 우물거리고 있었다.

오자운이 추이에게 물었다.

"매실을 좋아하나?"

"어렸을 적에 자주 먹었다."

"으음. 이렇게 술을 데우며 매실을 먹고 있으니 옛 고사가 떠오르는군."

자주논영웅(煮酒論英雄).

유비와 조조가 매실을 안주 삼아 술을 데우며 천하의 영웅을 논했다던 옛날이야기.

오자운이 화산파의 매화검수로 있을 당시 좋아하던 고사이기도 했다.

그는 추이에게 물었다.

"자네는 이 세상에 영웅이 몇이나 있다고 생각하나?"

"몰라. 관심 없다."

"내 생각에는 셋이야."

오자운은 부글부글 끓는 의록주 한 사발을 벌컥벌컥 들이마신 뒤 말했다.

"나. 자네. 그리고 자네를 키운 스승."

"……."

그 말을 들은 추이는 웃었다.

오자운은 인상을 썼다.

"왜 웃나? 나는 진지하네."

그는 자신을 영웅이라 자칭하는 것 때문에 추이가 웃는다고 생각했다.

하지만 추이가 웃은 이유는 그것이 아니었다.

"그럼 마지막은 빼라. 둘인 것으로 하지."

"음? 자네 스승이 영웅이 아니라는 소리인가? 스승과 사이가 별로 안 좋았었나 보군. 하긴, 나도 그렇다네."

"그게 아니라. 겹치기 때문이야."

"?"

오자운은 추이의 말을 하나도 알아들을 수가 없었다.

그가 추이에게 이런저런 궁금증들을 토로하려는 순간.

옆 탁자의 호사가들이 이야기하는 소리가 들려왔다.

"자네 그 소식 들었나? 불타 버린 부차루 말이야."

"못 들었네. 무슨 일이 또 있나?"

"별건 아니고. 부차루의 기녀들이 다들 고향으로 돌아가고 있다더군. 더는 일할 곳이 없다면서 말이야."

"허어— 참. 그럼 우리는 이제 앞으로 어디서 노나?"

"그러게 말일세. 이게 다 어떤 못된 놈이 부차루를 불태워서 그런 것이지. 천하의 나쁜 놈 같으니라고."

두 명의 사내는 부차루가 불타 버려서 더는 놀지 못하게 되어 버린 것이 아쉽다는 듯 투덜거리고 있었다.

오자운은 그 말을 듣고는 작게 중얼거렸다.

"원래 협이라는 것은 선량한 약자를 위해 사악한 강자와 싸우는 것이 아니지. 무식하고 탐욕스러운 약자들을 위해 유식하고 탐욕스러운 강자들과 싸우는 것이야. 그래서 세상에 협객이 드문 것이고."

추이는 조용히 고개를 끄덕였다.

회귀하기 전, 오자운을 따라다니던 시절의 일이 떠오른다.

그 당시의 오자운은 무림맹의 추격조를 피해 도망가는 와중에도 의와 협을 잊지 않았었다.

파락호들에게 돈을 뜯기고 있던 상인들을 구해 주었고, 물에 빠진 아낙을 건져 주었으며, 사파 무인들에게 죽을 뻔한 정파의 무인들을 살려 주기도 했다.

하지만 오자운이 보답을 받았던 적은 거의 없었다.

아니, 거의 대부분은 은혜를 원수로 돌려받아야만 했다.

파락호들에게서 구해 주었던 상인들은 오자운의 목에 걸린 현상금을 탐내 관아에 밀고했고, 물에 빠진 아낙은 오자운을 색마로 몰았으며, 사파 무인들을 물리친 정파 무인들은 되레 오자운을 죽이려 들었다.

하지만 그럼에도 불구하고 오자운은 간난과 곤란에 빠진 이를 마주하면 절대로 그냥 지나치지 않고 한사코 도움의 손길을 내밀었다.

'다른 사람의 간난(艱難)을 덜어 주는 것을 인(仁)이라 하고, 곤란(困難)에 빠진 이를 구해 주는 것을 용(勇)이라 부른다 하지.'

지난밤 그가 한 말 그대로 말이다.

한편, 옆 탁자의 호사가들은 계속해서 수다를 떨고 있었다.

"부차루가 타 버린 건 안타깝게 됐지만 말일세. 그거 하나는 좀 통쾌하더군."

"뭐 말인가?"

"아, 그거 말이야. 그거."

"아 그거~"

두 사내는 낄낄 웃으며 각자 자신의 사타구니를 주먹으로 탕탕 내리친다.

"패도회의 도 공자가 반병신이 된 것 말이지?"

"하하하— 이제는 공자가 아니라 고자라고 해야 맞겠지.

부차루의 미녀들을 저 혼자만 쭈물딱거리던 그 색마 놈. 번루(樊樓)에 그놈의 개기름 번드르르한 얼굴이 안 보이니 속이다 시원하구만."

"말이 나왔으니 하는 말인데. 도 고자, 그 치 아주 못쓸 놈이었어."

"맞네. 그놈 등쌀에 초장현 처자들이 밖에 돌아다닐 수가 없었으니 말 다 한 셈이지."

"눈에 띄는 여자는 죄다 잡아다가 겁간을 하질 않나, 제놈 호위무사들까지 데리고 와서는 아주 떼루……."

"겁간만 하면 다행이게? 아예 먼 곳에 팔아넘기기도 했잖은가. 듣자하니 몇몇 처자들은 장강 너머의 수적들한테까지도 팔아넘겼다더구만."

"끔찍한 일이지. 아 막말로, 딸자식 밖에 내보내고 별생각 없이 기다리고 있었을 부모들 마음은 어쩌란 말인가? 어느 날 산책 나갔던 딸이 그대로 영영 실종되었는데 알고 보니 이역만리 장강의 수적들에게 팔려 가 노리개가 되었다고 하면? 속 터져 죽는 거지 뭐."

"잘 죽었다, 잘 죽었어."

"예끼, 이 사람. 죽기는 누가 죽어? 팔다리가 모조리 불구가 된 채 고자가 된 거지. 죽은 건 아닐세."

"어휴. 차라리 죽는 편이 낫겠구만. 그렇게 목숨을 부지할 바에야……."

그러자 주변에서도 호사가들의 대화에 동조하는 목소리들이 나온다.

옆 탁자의 술꾼들과 윗층의 호사가들이 각자 한마디씩 보탰다.

"나는 오늘 여기에 그 색마 놈이 고자 된 기념으로 술 마시러 왔네! 왜냐면 그 고자 새끼가 내 부인을 건드렸었거든!"

"도좌윤, 그 발정난 개 같은 놈이 내 딸도 건드렸네!"

"심지어 내 손녀까지 건드렸어! 그 어린 것을!"

객잔 안에 있던 술꾼들 사이에서 고함 소리가 연이어 터져 나온다.

그만큼 도좌윤의 엽색 행각이 도를 넘어 왔다는 뜻이리라.

바로 그 순간.

…콰쾅!

객잔 안에 있는 모든 이들의 입을 막아 버리는 굉음이 터져 나왔다.

저벅- 저벅- 저벅-

오동나무 문짝이 종잇장처럼 찢어지며 한 거구의 사내가 객잔 안으로 들어왔다.

장판파의 장익덕이 살아 돌아오면 이런 모습일까?

그는 팔 척에 육박하는 키에 떡 벌어진 기골을 가지고 있는 무인이었다.

눈은 퉁방울처럼 크고 부리부리했고, 눈썹은 숱이 너무 많

아서 구레나룻과 연결되어 있었으며, 턱 밑으로 자라난 수염
이 배꼽에 닿을 만큼 길었다.

　등에는 자신의 몸집만큼이나 커다란 태도를 짊어지고 있
는 것이 보인다.

　"방금 전까지 입을 놀리던 놈들이 어떤 놈들이냐."

　거구의 사내가 객잔 안의 술꾼들에게 물었다.

　방금 전까지 도좌윤을 욕하던 술꾼들은 코를 탁자에다 박
은 채 죽은 듯이 웅크리고 있었다.

　그러자.

　"네놈이렷다?"

　사내는 솥뚜껑만 한 손을 뻗더니 제일 큰 목소리로 떠들던
호사가 하나의 머리통을 움켜잡았다.

　그리고.

　…뿌드득! 뿌작!

　손아귀에 잡힌 그의 머리통을 마치 박 터트리듯 으깨 버렸
다.

　그 끔찍한 참사에 객잔의 분위기는 더더욱 차갑게 얼어붙
는다.

　이윽고, 사내가 말했다.

　"들어라. 버러지들아. 본좌는 패도회주 도막생이라 한다."

　그의 말이 끝나기 무섭게, 허리춤에 긴 칼을 찬 패도회의
무사들 수십 명이 객잔 안으로 들이닥쳤다.

객잔 전체가 패도회에게 포위되었다.

"……."

"……."

"……."

얼어붙었던 분위기는 이제 아예 처형장의 그것처럼 변해 있었다.

방금 전까지 패도회를 욕하던 술꾼들은 감히 살려 달라는 말조차도 못하고 그저 덜덜 떨고 있을 뿐이다.

그리고 이내, 패도회주 도막생의 입이 열렸다.

"나오라."

그의 살기등등한 시선이 객잔 전체를 훑었다.

"여기 있는 것 다 알고 왔다."

바야흐로, 혈겁(血劫)의 전조였다.

패도회주 도막생.

세간에서는 그를 가리켜 거력패도(巨力覇刀)라는 별호로 부른다.

무위는 능히 일성(一城)의 패자를 자처할 만하며, 젊었을 시절에는 하북팽가의 도왕(刀王)과 호적수로 통했을 만큼 대단한 걸물이기도 했다.

그리고 도막생이 유명한 것 하나가 또 있었다.

바로 지극한 부성애(父性愛)였다.

도막생은 아들인 도좌윤을 끔찍하게 아끼기로 소문이 나 있었는데, 그것은 자신부터가 사 대 독자로 귀하게 컸고 또 오 대 독자로 겨우 얻은 도좌윤이 늦둥이에 칠삭둥이였기 때 문이었다.

그래서일까, 방금 전까지 도좌윤의 비참한 말로를 조롱하던 술꾼들은 숨소리조차도 제대로 내지 못하고 있었다.

까딱했다가는 도막생의 대도(大刀)에 목이 달아날지도 모르는 판국이니 당연한 일이다.

그런데.

"나오지 않겠다면 좋다."

도막생의 태도가 무언가 이상했다.

그는 객잔 안에 누군가가 숨어 있는 것처럼 말하고 있었다.

"여기 있는 놈들을 하나하나 다 죽이다 보면 나오겠지."

도막생의 말을 들은 패도회의 무사들이 칼을 뽑아 들고 객잔 안을 포위했다.

이제 객잔 안의 술꾼들은 칼침의 그물 안에 갇힌 피라미들과 같은 신세가 되었다.

한편. 오자운은 그런 패도회의 무사들을 묵묵히 바라보고 있었다.

이윽고, 그는 옆에 있던 추이를 향해 눈짓했다.

"아무래도 들킨 모양인데. 이쯤에서 뒤엎는 게 낫지 않을까?"

"……."

하지만 추이는 매실만 오독오독 씹고 있을 뿐, 아무런 반응도 보이지 않고 있었다.

오자운은 황당하다는 듯 입을 반쯤 벌렸다.

이런 상황에서 어찌 아무런 반응을 보이지 않을 수가 있단 말인가?

"이봐. 배짱이 두둑한 것은 잘 알겠지만…… 우리가 나가지 않으면 무고한 이들이 죽어."

"진정해라."

추이는 오자운을 향해 고개를 들었다.

그러고는 시큰둥한 어조로 말을 이었다.

"우리를 찾아온 게 아니다."

"……?"

오자운이 고개를 갸웃하는 순간.

드르륵—

이 층에 있던 누군가가 의자를 끄는 소리가 들렸다.

"패도회는 손님을 시끄럽게도 맞이하는구나."

몸을 일으킨 이는 한 명의 여인이었다.

다만 머리를 남자처럼 짧게 자르고 피부가 햇볕에 그을려 있어서 일견 보기에는 곱상한 미소년처럼 보이기도 했다.

그녀는 콧잔등을 가로지르는 칼자국을 씰룩이며 조소했다.

"불쾌해할 쪽은 나인 것 같은데, 이런 식으로 적반하장이라니. 황당하기 짝이 없군."

"너는 누구냐? 이곳에는 왜 왔지?"

도막생이 짧은 머리칼의 여인을 노려보며 말했다.

그러자 여인은 황당하다는 듯한 반응이다.

"내가 누군지도 모르고 잡으러 왔나?"

"장강에서 온 수적인 것은 알고 있다. 부차루에서 내 아들이 신세를 졌다지?"

"부차루? 뭔 소리냐 그게?"

여인이 눈살을 찌푸리자 도막생은 이를 뿌득 갈았다.

"모른 척하지 마라! 내 아들을 불구로 만든 놈이 너잖냐!"

도막생의 칼이 뽑혀 나왔다.

그는 무시무시한 기세로 칼을 휘둘러 아래에서 위로, 대각선의 반원을 그려 냈다.

콰—콰콰콰콰쾅!

높은 객잔 건물이 통째로 쪼개졌다.

하늘로 뻗어 나가는 무시무시한 참격에 놀란 술꾼들 몇이 깜짝 놀라 난간 아래로 떨어져 내렸다.

하지만 이 층 난간에 서 있던 여인은 조금도 놀란 기색이 아니었다.

"거력패도라…… 과연 명불허전이로군. 하지만 그게 뭐?"

그녀는 허리춤에서 두 자루의 칼을 빼 들었다.

그것은 일반적인 칼이라고 하기에는 짧았고 단도라고 하기에는 길었다.

각각 적색과 청색을 띤 두 개의 검신이 그녀의 양손에서 빛을 번뜩였다.

까가가각! 따앙!

도막생은 칼을 들어 자신의 목을 노리고 날아드는 두 줄기의 검기를 막아 냈다.

그 틈을 타 난간에서 뛰어내린 여인이 도막생의 앞에 섰다.

"나는 장강수로채의 천두(千頭) '해백정(亥白丁)'이다."

"……!"

그 말에 도막생의 두 눈이 커졌다.

장강수로채에는 총 열두 개의 채(寨)가 존재한다.

이 채는 대략 일천 명 정도의 수적들로 구성되며, 열 명의 수적을 통솔하는 이를 '십두(十頭)', 백 명의 수적을 통솔하는 이를 '백두(百頭)', 그리고 천 명의 수적을 통솔하는 이를 '천두(千頭)'라 칭한다.

그리고 열두 개의 채를 통솔하는 열두 명의 천두들 위에는 채주(寨主) 하나만이 존재한다.

"……."

도막생은 침음을 삼켰다.

지금 눈앞에 있는 이는 장강수로십이채의 열두 정점들 중

하나인 천두 계급, 그중에서도 가장 신비롭다고 알려져 있는 '해백정'인 것이다.

도막생이 말했다.

"몰랐군. 소문의 해백정이 여자일 줄이야."

"알았으면 칼 집어넣지?"

"그럴 수는 없지. 제아무리 물의 법도를 모르는 장강의 수적이라 해도 안 되는 것은 안 되는 것. 내 아들을 그 꼴로 만들어 놓은 것은 절대로 그냥 넘어갈 수 없다."

"아까부터 무슨 헛소리인지 모르겠군. 나는 부차루가 불타던 때에 이곳에 없었다. 여기서 한참 떨어진 객잔에 머물고 있었지. 그 주변 사람들을 아무나 붙잡고 물어보아라."

"······?"

아무래도 패도회주 도막생과 장강수로채의 천두 해백정은 무언가를 오해하고 있는 듯싶다.

도막생이 물었다.

"그렇다면 그대는 이곳에 왜 왔는가?"

"내 부하를 죽인 놈을 잡으러 왔다."

해백정. 그녀는 살기 어린 눈으로 도막생을 쏘아보았다.

"내 밑에 있던 백두 하나가 공금을 몰래 **빼돌려** 패도회의 폐기 몇을 샀다고 하더군. 내 손으로 직접 처벌할 생각이었는데 웬 쌩뚱맞은 놈에게 죽었다길래 확인차 온 것뿐이다."

"그럼 내 아들과는?"

"무관계다. 다만 폐기들을 판 놈이 누구인지, 산 놈이 누구인지 정확히 듣기 위해 며칠 전에 한번 만나 이야기를 나눴을 뿐."

해백정은 며칠 전 도좌윤을 만나 폐기들을 누구에게 팔았는지, 장강수로채의 누가 그녀들을 사 갔는지를 물어봤던 적이 있었다.

아마도 도막생은 그 때문에 장강수로채에서 자기 아들을 건드렸다고 생각하는 것 같았다.

이윽고, 오해가 어느 정도 풀린 도막생은 칼을 등 뒤로 넘겼다.

"그것이 사실인지 조사해 볼 것이오."

"마음대로 해라. 다만, 내 말이 사실일 경우에는 어떻게 할 셈이지?"

"그쪽의 무죄가 밝혀지게 되면 내 정식으로 사과하리다. 그리고 우리 패도회의 특빈(特賓)으로 대우하도록 하겠소. 또한 그대의 활동을 물심양면으로 지원하도록 하지."

"좋아. 나는 정말로 무고하니까. 이렇게 패도회의 협조를 얻게 되었으니 흉수를 찾기가 더 수월해지겠어."

해백정은 어깨를 으쓱하고는 들고 있던 쌍검을 허리춤에 넣었다.

아무래도 그녀 역시 패도회주 도막생과 그 부하들을 한꺼번에 상대하는 것은 부담스러웠던 모양이다.

이윽고. 도막생과 해백정이 객잔을 나선다.

패도회의 무인들 역시도 칼을 허리춤에 집어넣으려 했다.

"잠깐."

도막생이 그런 부하들을 만류했다.

그는 살기로 인해 벌게진 눈을 가늘게 떴다.

그러고는 부하들에게 짧은 명령을 내렸다.

"아직 칼을 집어넣지 마라."

도막생의 원한에는 아직 불이 꺼지지 않았다.

"조금 전에 객잔에서 내 아들의 흉을 봤던 놈들의 혀를 모두 잘라 오도록."

그 말에 패도회의 무사들이 집어넣으려던 칼을 다시 빼 들었다.

객잔 곳곳에서 피와 함께 비명 소리가 난무하기 시작했다.

도막생은 그 처참한 광경을 끝까지 지켜보고 난 뒤에야 고개를 돌렸다.

옆에 있던 해백정이 그 모습을 보며 눈살을 찌푸렸다.

"백주대낮에 무고한 백성들을 저리 괴롭혀도 되는 건가?"

"장강의 수적에게 들을 말은 아니군. 뭐, 상관없소. 이 일대는 나의 소관. 아비가 아들의 명예를 지켜 주고 설치(雪恥) 하는 것은 당연한 이치 아니겠소?"

도막생의 대답을 들은 해백정은 고개를 절레절레 저었다.

하지만 그녀는 부하를 죽인 흉수를 꼭 찾아내 죽여야 하는 상황, 그러기 위해서는 이 근방의 사정을 잘 알고 있는 패도회의 협조가 필요했다.

'삼칭황천이라고 했나. 그 자식…… 반드시 잡아 죽인다.'

해백정은 본디 자신의 부하였던 백두 공손합을 마음에 들어 하지 않았다.

그가 공금을 횡령하여 그 돈으로 뭍의 폐기들을 사 와 엽색 행각을 벌인다는 보고를 받았을 때부터였다.

그녀는 언젠가 공손합의 파렴치한 행각을 공표하고 정식으로 그를 처형할 계획을 세우고 있었다.

하지만 공손합은 웬 뜨내기에게 당해 허무하게 죽어 버렸다.

장강의 수적들에게 있어 물 위에서 전사하는 것은 거룩하고 신성한 것.

공손합은 횡령한 돈으로 오입질이나 하다가 걸려 치욕스럽게 처형당해야 하는데, 하필 물 위에서 전사하는 바람에 명예로운 죽음을 맞이해 버렸다.

그래서 공손합의 부하들은 아직도 자신의 전 두목이 고결한 최후를 맞이했다며 가슴을 쭉 펴고 다니고 있는 실정이다.

그 점이 해백정은 마음에 들지 않았던 것이다.

'어찌 되었든 간에 부하가 죽었으니 두목이 나서는 것은 당연한 일인데…….'

공손합 따위의 죽음에 복수를 하겠다며 나서야 하는 이런 상황 자체가 그녀에게 있어서는 심각한 짜증거리였다.

그냥 횡령범, 오입쟁이로 공표하고 목을 잘라 버렸으면 간단한 것을 말이다.

'하아― 엄청 귀찮네 이거. 채주님의 특별 명령만 아니었어도.'

해백정은 미간을 구긴 채 도막생을 따라 객잔 밖으로 나갔다.

'근데 채주님께서는 왜 그 삼칭황천인지 뭔지 하는 놈을 산 채로 잡아 오라고 하신 거지? 그것도 나 혼자만 나가서……'

자연스럽게 삼칭황천이라는 고수에게 관심이 갈 수밖에 없는 상황이었다.

꽃무늬

도막생은 자신이 원하는 것은 기어이 갖고야 마는 사내였다.

아들의 불행에 고소함을 맛봤던 혓바닥들을 모조리 잘라 손에 쥔 다음에야, 그는 객잔을 떠났다.

패도회의 무인들은 그제야 칼을 집어넣고 객잔 밖으로 나갔다.

"아이고…… 아이고……"

"의, 의원 좀 불러 주시오!"

"사람 죽네! 사람 죽어! 허이구!"

패도회가 떠난 곳에는 온통 신음과 통곡만이 남아 흐를 뿐이다.

한편.

추이와 오자운은 이 모든 광경을 처음부터 끝까지 지켜보았다.

오자운이 추이의 팔을 툭 쳤다.

"이곳에서는 자네가 나보다 인기가 좋군그래."

"……."

오자운을 쫓는 집단은 화산 하나지만, 추이를 쫓는 집단은 벌써 셋이다.

남궁세가. 그리고 장강수로채와 패도회.

벌써 셋이나 되는 굵직한 집단들이 추이를 찾아 눈에 불을 켜고 있는 것이다.

이윽고, 오자운이 말했다.

"잔도까지 수월하게 가려면 귀찮은 추격대는 하나라도 덜어내야겠지?"

"……."

추이는 잠시 생각했다.

이제 패도회는 쓸모를 다했다.

호북성에 들어올 때는 도움이 됐으나, 호북성을 나갈 때에는 방해가 될 것이다.

"……."

추이는 잠시 파시의 기녀들을 떠올렸다.

그러고는 조용히 고개를 끄덕였다.

오자운의 입꼬리가 빙긋 휘어졌다.

하지만 고통에 신음하고 있는 객잔 안의 사람들을 향한 그의 눈은 조금도 웃고 있지 않았다.

"고기도 먹었고 술도 마셨겠다. 그새 몸이 늘어질 것 같군."

"그러면 몸을 풀어야지."

"이따가 밤운동이나 하세."

추이의 생각이 바로 오자운의 생각과 같았다.

꽤나 잘 맞는 합(合)이었다.

삼인행 필유아사(三人行 必有我師)

차가운 바람이 불어 나뭇가지를 흔든다.

방금 전까지 붙어 있던 잎사귀 하나가 앙상한 나뭇가지의 품을 떠나 어디론가 날아간다.

나뭇가지는 나뭇잎을 낳았으되, 그것이 어디로 가는지 알지 못한다.

"……."

어두운 밤, 추이와 오자운은 패도회의 장원을 둘러싸고 있는 높은 담벼락 위에 섰다.

이글거리는 횃불이 장원 곳곳을 밝히고 있는 너머로 수많은 사람들이 움직이고 있었다.

상중(喪中).

패도회에서는 장례식이 거행되는 중이었다.

지금 돌아다니는 이들은 모두 외부에서 온 조문객들이다.

오자운이 담벼락 바깥에 있는 흰 조의(弔意) 화환들을 돌아보며 말했다.

"……패도회의 누가 죽은 모양이군."

"누가 죽었든 간에, 사람이 많으면 좋은 일이지."

추이는 조문객들이 이루고 있는 장사진 너머를 바라보았다.

사람이 많으면 섞여 들어가기 편하다.

조용한 침입을 계획하고 있는 습격자의 입장에서는 그렇다.

햇불 너머 안쪽의 장원으로 향하는 길.

칼을 찬 패도회의 무인들이 굳은 표정으로 서 있는 것이 보인다.

그들은 조문객들의 신원을 꼼꼼하게 확인한 뒤에야 안쪽에 마련되어 있는 장례식장으로 안내하고 있었다.

오자운이 추이에게 물었다.

"조문객들 사이에 섞여 들어가는 것이 가능하겠나? 신원 조회를 꼼꼼하게 하는 것 같은데."

그가 걱정할 만했다.

패도회에 조문을 온 조문객들 중에는 소관의 경비대장 원월의 얼굴도 보였기 때문이다.

그는 아마 자신이 통과시킨 누군가가 패도회에서 참사를 일으킨 것이 아닐까, 지레 켕기는 점이 있어서 조문을 온 모양이었다.

추이는 어깨를 으쓱했다.

"본래 상가(喪家)에서는 기름으로 볶고 지지거나, 열기가 남아 있는 음식을 내놓지 않지. 그러니 필시 식은 밥과 편육을 쓸 것이야."

"편육이라. 도축업자로 위장해서 잠입할 생각인가?"

"남궁세가에서는 그렇게 했었지."

"백정도 좋지만, 내가 다른 수가 있다네. 조금 더 확실한 방법이지."

오자운은 자신이 화산파의 추격을 뿌리칠 때 썼던 방법 하나를 내놓았다.

그것을 들은 추이는 고개를 천천히 끄덕거렸다.

"그 또한 괜찮은 수로군."

"한 수 배웠지?"

씩 웃는 오자운의 얼굴을 보자 자연스럽게 옛날의 일이 떠오른다.

회귀하기 전, 오자운과 이런 식으로 많은 관문을 돌파했던 추억이 새삼 새록새록 떠오른다.

그리고 지금 추이는 또다시 오자운을 통해 한 수를 배우려 하고 있었다.

그때보다 훨씬 더 젊고 건강한, 그리고 이렇게 미소 지을 줄도 아는 옛 스승을 통해서 말이다.

"똥 퍼~!"

패도회의 뒷문.

남루한 행색의 두 남자가 어깨에 짊어진 장대 밑으로 두 개의 두레박을 덜렁거린다.

문을 지키던 위사들은 눈살을 찌푸렸다.

"뭐냐?"

"똥 푸십시오, 똥."

큰 키의 남자가 넉살 좋게 말했다.

위사는 흘긋 고개를 돌렸다.

"……."

조문객들이 많아 변소에는 똥이 넘쳐 난다.

술과 고기를 양껏 먹은 이들이 빈번하게 오줌똥을 싸는 바람에 원래라면 며칠은 너끈히 버틸 뒷간이 범람 직전인 것이다.

급하게 진행된 장례식이라서 그런가, 이런 하잘것없고 미미한 것까지는 미처 신경을 쓰지 못했다.

위사는 눈앞의 두 남자를 대충 훑어보았다.

머리는 산발에 얼굴에는 잿가루와 흙먼지가 덕지덕지 묻었다.

앞서 몇 집을 돌고 온 듯, 이미 옷에 똥물이 여기저기 튀어 있었고 고약한 냄새도 난다.

장대 끝에 늘어져 있는 양쪽 두레박의 바닥에는 미처 마르지 않은 똥오줌이 고여서 역한 악취를 뿜고 있었다.

위사들은 코를 감싸 쥐며 표정을 구겼다.

"너무 가까이 오지 마. 좀 떨어져라."

"그래도 몸수색을 받아야 하니까……."

"됐어, 됐어. 얼른 들어가."

"감사합니다―"

"냄새가 심하니 그늘진 곳으로만 다녀라. 가능한 손님들 눈에 띄지 말고."

위사들은 똥을 푸러 온 두 남자를 제대로 살펴보지 않았다.

몸수색은커녕 가까이 가는 것조차도 꺼려 하는 기색.

그 덕분에 두 남자는 패도회의 장원 안으로 수월하게 진입할 수 있었다.

똥 두레박을 짊어진 그들은 바로 추이와 오자운이었다.

"……."

추이는 패도회의 내부를 쭉 훑어보았다.

몇몇 위사들이 경계를 서고 있는 너머로 조문객들이 술을 마신다.

하나같이 비단옷을 입고 있는 이들이었다.

높은 담벼락 안쪽에는 다닥다닥 모여 있는 건물들.

그 너머로 커다란 호수와 그 위를 가로지르는 몇 개의 다리가 보인다.

다리 너머에는 인공적으로 만들어진 섬이 있었고 그 위에 또다시 몇 개의 높은 누각들이 솟구쳐 있었는데 누각 아래쪽에는 물안개가 낀 것처럼 뿌옇다.

조문객들은 동쪽의 다리를 통해 그 누각으로 들어갔다가 서쪽의 다리를 통해 나오고 있었는데 꼭 지정된 경로로만 움직일 수 있는 것 같았다.

마치 섬 안쪽에 진법(陣法)이라도 펼쳐져 있는 것처럼 말이다.

그때.

"이봐."

지나가던 한 무사가 코를 감싸 쥐고는 오자운을 흘겨보았다.

"냄새나니까 저 건물 뒤쪽으로만 다녀라. 손님들이 불쾌해하시면 큰일이니."

"예예. 그럼요."

"빨리 꺼져."

오자운은 얼른 고개를 숙이고는 총총걸음으로 뛰어가 그

늘로 녹아들었다.

그러고는 추이를 돌아보며 말했다.

"어때. 백정보다 대우가 더 좋지?"

"과연 그렇군."

추이는 고개를 끄덕였다.

똥 푸는 사람은 외지고 그늘진 곳으로 다녀도 아무도 뭐라 하는 사람이 없다.

다른 사람들이 말을 섞지 않는 것을 넘어 아예 쳐다보기조차 싫어하기 때문이다.

백정은 피 냄새를 가릴 수 있는 데다가 어딜 가도 천대받는 직종이기에 위장이 수월했는데, 똥 푸는 일은 그보다도 훨씬 더 장점이 많았다.

오자운은 코웃음 쳤다.

"웃기는 일이지. 다른 이들의 고혈을 쥐어짜고 그 위에서 패악질을 일삼는 놈들이 어찌 똥을 더러워하는가. 자신들이 똥보다도 한참 못하다는 사실을 알기나 하는……."

"됐고."

추이가 오자운의 설교를 끊었다.

"잠입은 했는데, 변수가 하나 있을 것 같다."

"장강의 수적 말인가?"

"그렇다. 천두 해백정. 그녀가 패도회를 돕기라도 한다면 일이 귀찮아진다."

패도회주 도막생과 장강수로십이채의 천두 해백정.

이 둘이 현재 어떤 사이일지를 알아야 한다.

추이는 똥통과 똥지게를 추스르며 말했다.

"해백정이 패도회의 일을 관망한다면 일이 쉽겠지만, 만약 그 여자가 패도회와 협력하기로 마음먹었다면 일이 번거로워지겠지. 둘 다 나에게 원한이 있을 테니까."

"일을 벌이기 전에 둘의 관계가 지금 어떤지를 알아보면 되겠군. 어떻게 알아봐야 할까."

오자운의 고민을 들은 추이는 간단하게 대답했다.

"모르면 물어봐야지."

"물어봐? 누구한테?"

그러자 추이는 오자운을 바라보며 말했다.

"삼인행 필유아사(三人行 必有我師)라."

"……?"

오자운은 미간을 찡그렸다.

'삼인행 필유아사'란 '세 명이 길을 가면 그 가운데 반드시 나의 스승이 될 만한 사람이 있다'는 뜻.

오자운은 물었다.

"그 말을 왜 지금 하나?"

"그것은 지금 우리가 둘이기 때문이지. 모르는 게 많은 둘. 그리고……."

이윽고, 추이가 고개를 들었다.

그리고 뒷간을 향해 걸어오고 있는 패도회의 무사 하나를 바라보았다.

"저기. 아는 것 많은 세 번째가 오는군."

그는 추이와 오자운이 모르는 것을 상세히 알려 줄 스승이 될 것이다.

패도회의 이급위사(二級衛士) 황춘.

그는 별명이 '황금충'일 정도로 금붙이를 좋아하는 자였다.

황춘은 금붙이 장식이 되어 있는 칼을 허리에서 풀러 나무 벽에 기대어 세우고는 측간의 문을 열었다.

삐걱-

측간의 나무문이 요란한 소리를 냈다.

더러운 널빤지 바닥 중앙에 발을 디딜 수 있는 발판 두 개, 그리고 그 사이로는 시커먼 구멍이 보인다.

"어휴, 쌀 뻔했네."

황춘은 서둘러 피풍의 자락을 들추고는 바지를 벗었다.

"끙- 낮에 먹은 탁주가 덜 데워져서 그런가. 배가 어째 싸 륵싸륵……."

그러고는 아래를 향해 뻥 뚫려 있는 측간 구멍과 자신의 똥구멍을 마주 보게 했다.

뿌직—

배에서 금방 신호가 온다.

풍덩—

저 아래에서 똥이 똥물에 빠지는 소리가 났다.

"휴우—"

황춘은 뒷간의 나무틀 위에 쪼그려 앉은 채로 긴 숨을 내쉬었다.

풍덩— 풍덩— 풍덩— 쪼르르르르……

급한 볼일부터 덜 급한 볼일들까지를 연달아 처리하고 나니 비로소 딴생각이 난다.

"……그러고 보니 저번에 혓바닥을 잘라 놨던 놈들한테서 수금 들어올 때가 됐는데."

일전에 그는 패도회주의 명을 받아 객잔에 있던 상인들 몇몇의 혓바닥을 잘랐던 적이 있었다.

참고로 그때 그에게 혓바닥을 잘렸던 자들 중 하나가 자기 처가에서 하는 포목점의 맞은편에 있던 경쟁 포목점의 점주였다.

그래서 황춘은 더더욱 악랄하게, 기어코 그의 혀를 끊어 놨던 것이기도 하다.

"이걸로 마누라가 한층 더 살가워지겠구만. 다음 중추절에 장인어른 찾아뵐 면도 섰고."

황춘은 피식 웃으며 몸을 일으켰다.

저번에 객잔에 있던 놈들의 혀를 자르는 것으로 위신을 세웠으니, 이제 일대에 소문이 쫙 퍼졌을 것이다.

한동안은 인근 상인들에게 공짜술, 공짜밥은 물론이요 용돈까지 두둑이 받아 챙길 수 있으리라.

"한동안은 외근 위주로 돌아야지. 수금 좀 바짝 해다가 집도 고치고 수레도 바꿔야……."

황춘은 희망찬 미래를 그리며 손을 뻗었다.

벽 한편에 쌓여 있는 새끼줄을 찾기 위함이다.

그러나.

더듬- 더듬-

뒷간 구석에는 아무것도 없었다.

뒤처리용 새끼줄이 다 떨어진 것이다.

"에이 씨……."

황춘은 뒤처리할 물건이 없자 이를 악물고 욕을 내뱉었다.

뒷간으로 뛰어와 급한 볼일을 해결했는데 뒤처리할 물건이 없다면 사람이 당황하게 되는 것이 인지상정 아니겠는가.

'가만있자. 뭘로 닦아야 하나?'

뒤처리를 할 새끼줄이나 목봉도 없고 바깥에 있는 동료들을 소리쳐 부르자니 그것도 쪽팔린다.

더군다나 변소는 멀고 외진 곳에 있어서 정말 고래고래 소리 지르지 않으면 와 줄 사람도 없었다.

황춘은 자신의 피풍의 자락을 조금 찢어내 쓸지 말지 진심으로 고민하기 시작했다.

　바로 그 순간.

　스윽—

　황춘은 밑에서 무언가가 움직이는 것을 느꼈다.

　"뭐야?"

　밑을 보니 깊은 똥구덩이 속의 어둠만이 눈에 들어온다.

　'이상하다? 분명 뭔가 허연 게 스쳐 지나갔는데?'

　뒷간 밑의 똥물가에는 쥐들이 많다.

　아마 그것들 중의 하나가 아닐까? 하고 황춘은 대충 생각했다.

　스스스스스…….

　또다시 허연 것이 황춘의 시야 한쪽에서 어른거렸다.

　그때까지도 황춘은 뒤처리를 할 뭔가를 찾느라 아래에 집중하지 못하고 있었다.

　그때.

　"……어?"

　겉옷 자락을 찢던 황춘의 시야에 그 허연 것이 제대로 들어왔다.

　변소 안의 깊은 구멍에서 불쑥 튀어나온 것.

　그것은 바로 창백한 손바닥이었다.

　"헉!?"

황춘은 너무 놀라서 소리도 내지 못했다.

턱—

구멍 아래에서 올라온 그 하얀 손은 그대로 황춘의 발목을 붙잡았고.

"으아악!?"

그대로 뒷간 밑의 어두운 구멍 안으로 끌어내렸다.

…풍덩!

뒷간 안에는 다시 고요한 정적만이 남게 되었다.

황춘은 뒷간의 구멍 속으로 떨어지면서 생각했다.

어렸을 적 들었던 변소 귀신 이야기.

어두운 밤, 변소에서 똥을 누고 있으면 똥구덩이 밑에 도사리고 있던 귀신이 하얀 손을 뻗어 궁둥이를 어루만진다는 이야기를.

'빨간 새끼줄 줄까, 파란 새끼줄 줄까.'

빨간 새끼줄을 달라고 하면 손톱으로 얼굴을 마구 할퀴어 새끼줄을 피로 빨갛게 물들이고, 파란 새끼줄을 달라고 하면 새끼줄로 목을 졸라 얼굴을 파랗게 질리게 한다던 측간 귀신.

하지만 지금 황춘이 만난 측간 귀신은 이야기 속의 모습과는 조금 달랐다.

…콱득!

귀신은 황춘의 목을 으스러트릴 듯 조르고 있었다.

그것도 순수한 손아귀 힘만으로 말이다.

'무, 무슨 놈의 힘이……'

황춘은 기절할 것 같았지만 겨우겨우 정신을 다잡았다.

옛말에 호랑이에게 물려 가도 정신만 차리면 산다고 하지 않던가.

하지만 귀신은 황춘이 제정신을 유지할 수 있게 놔두지 않았다.

풍덩!

측간 귀신은 황춘의 머리통을 똥물에 처박기 시작했다.

"후악! 크학! 킥! 계혁! 우웨에엑! 커헉!"

황춘은 한참 동안이나 정신을 차리지 못했다.

머리채를 잡힌 채 똥물에 고개를 처박고, 발버둥 쳐 나오고, 또다시 똥물에 처박히기를 수십 번.

그동안 황춘은 제대로 숨도 쉬지 못했다.

똥물이 입에 들어갈까 봐 무의식적으로 입을 다무는 바람에 고개가 똥물 밖으로 나오는 순간 숨을 쉴 기회를 놓쳐 버린 것이다.

하지만 호흡에 대한 욕구는 비위보다 강하다.

황춘은 숨 쉬기를 주저했던 것에 대한 대가로 결국 몇 모금인가의 똥물을 들이켜야 했다.

구꺽– 구꺽– 구꺽–

걸쭉한 똥물이 목구멍을 타넘어 폐까지 들어간다.

그것은 묵직하고, 걸쭉하고, 찝찔하고, 시큼하고, 욕지기 나오는 것이었다.

"구웨에에에에엑!"

황춘은 비명조차 지르지 못하고 토악질을 했다.

토하고, 숨을 들이마시고, 숨과 함께 똥물까지 삼키고, 또 토하고, 숨이 막혀 켁켁거리는 것의 무한 반복이었다.

이윽고, 측간 귀신이 황춘의 목을 놓아주었다.

…첨벙! …첨벙! …첨벙!

황춘은 똥물의 늪에서 겨우겨우 균형을 잡고 일어섰다.

돌로 된 벽을 짚고 고개를 돌리자 똥물 위에 귀신처럼 서 있는 두 남자가 보인다.

큰 키의 남자, 그리고 작은 키의 소년이 똥물 위로 상반신을 내밀고 있었다.

둘 다 아무런 표정 변화가 없어서 귀신처럼 으스스했다.

추이와 오자운.

둘은 황춘을 가만히 바라보다가 말했다.

"누가 할까?"

"내가 하지."

오자운의 말에 추이가 앞으로 나섰다.

황춘이 더듬더듬 물었다.

"누, 누구시오? 사람이오 귀신이오?"

추이는 황춘의 질문에 대답하지 않았다.

다만 그의 앞으로 바짝 다가가며 물을 뿐이다.

"너를 스승으로 삼고 싶다."

"뭐? 그게 무슨……"

"지금부터 모르는 것들을 물어볼 것인데, 잘 가르쳐 주기만 하면 서로 더러운 꼴 그만 볼 수 있겠지."

추이는 똥물을 휘적휘적 가르며 걸어와 멈춰 섰다.

그리고 황춘의 얼굴을 들여다보며 물었다.

"이 장례식은 누구의 장례식이지?"

"좆까, 이 미친 새끼야!"

황춘은 바로 주먹을 날렸다.

비록 칼을 두고 왔지만 눈앞의 여리여리한 소년쯤은 한 주먹에 때려죽일 자신이 있었다.

물론.

짜ㅡ악!

곧바로 뒤이어진 귀싸대기 한 방에 산산조각 날 자신감이었지만 말이다.

"크학!?"

추이에게 뺨을 맞은 황춘이 변소의 벽에 부딪쳤다.

볼따구를 한 방 맞는 순간 바로 직감할 수 있었다.

'내 상대가 아니야.'

두개골이 산산조각 부서질 듯한 힘.

이것은 단지 육체의 힘에서만 나오는 것이 아니다.

피부로 저릿저릿 전해져 오는 내력을 느낀 황춘은 눈앞의 소년이 최소한 일류고수는 된다고 판단했다.

고작 이류무인에 불과한 자기와 비교하면 천하장사와 이제 막 씨름을 배운 어린애 정도의 차이가 나리라.

황춘은 온 힘을 다해 소리쳤다.

"바, 밖에 누구 없냐! 여기 웬 놈이……!"

하지만 그는 밖에다가 도움을 요청할 수 없었다.

콱―

추이는 황춘의 머리채를 단단히 붙잡았다.

그리고 그의 얼굴을 변소의 우둘투둘한 돌벽에 대고 짓눌렀다.

빠각!

황춘은 입을 벌린 모양 그대로 벽에 머리를 처박았다.

그러느라 앞니 몇 개가 생으로 부러져 나갔다.

꾸구구국……

추이는 황춘의 얼굴을 벽에 꾹 누르고는 그대로 옆으로 밀었다.

뿌지지지지직!

황춘의 얼굴 가죽이 갈려 나가며 변소의 벽에 붉은 자국이 길게 묻어난다.

"끄아아아아악!"

황춘이 발버둥을 치며 비명을 지른다.

그럴 때마다 추이는 황춘의 입을 똥물에 처박았다.

황춘은 그 뒤로도 몇 모금의 똥물을 벌컥벌컥 들이마셔야 했다.

"구웨엑— 구웨에에에에엑—"

얼굴이 아파서 화끈거리는 와중에도 토악질은 계속 나온다.

황춘은 이제 자신의 얼굴에서 흘러내리고 있는 것이 피인지, 땀인지, 눈물인지, 토사물인지, 똥인지를 구분할 수 없을 지경이 되었다.

그때쯤 해서.

"말하기 싫으면 굳이 하지 않아도 돼."

추이가 작게 속삭였다.

"너 아니어도 똥 싸러 올 놈들 많아."

"마, 말할게요. 말하겠습니다. 제발…… 우웨엑!"

황춘은 연신 구역질을 하며 울먹였다.

이윽고, 그는 추이가 묻는 말에 하나하나 대답해 주었다.

"아, 아까 뭘 물어보셨었죠?"

"이거. 누구 장례식이냐고."

"도, 도 공자 장례식! 이 장례식은 도 공자의 장례식입니다."

"도 공자? 도좌윤?"

"그렇습니다."

황춘의 대답을 들은 추이와 오자운이 서로를 마주 보았다.

오자운이 물었다.

"죽였었나?"

"흠. 그런 기억은 없는데."

추이가 턱을 쓸었다.

예전에 부차루를 불태웠을 때, 추이는 패도육호(佩刀六虎)를 전부 죽인 뒤 도좌윤을 불구로 만들었던 적이 있었다.

"사지를 못 쓰게 하고 사타구니를 망치로 으깨 놓기는 했지만 죽이지는 않았었다."

그러자 황춘의 두 눈이 찢어질 듯 커졌다.

"도, 도 공자님을 그렇게 만드셨던 게…… 두, 두, 두 분인가요?"

"그래. 불에 타 죽지 않게 멀찍이 떨어진 곳에 버려 두기까지 했으니 죽었을 리가 없다."

추이는 도좌윤을 살려 줬었다.

그의 심복인 일도의 부탁 때문이었다.

하지만 그것이 무색하게도.

"도 공자님은 그저께 돌아가셨습니다. 스스로 택하신 결정이었지요."

도좌윤은 스스로 목숨을 끊었다.

불구가 된 몸에 내공까지 잃어 폐인이 되었으니 더 이상 삶의 낙이 없었던 모양.

오자운이 고개를 끄덕였다.

"하긴. 사지를 못 쓰게 된 데다가 아랫도리까지 으깨졌으니 그럴 만도 하지. 도좌윤이라는 놈은 본디 색마라고 하지 않았던가."

"내 알 바 아니다."

추이는 다시 한번 황춘을 다그쳤다.

"장강의 해백정은?"

"그, 그분은 귀빈들이 머무는 안채에 계십니다. 듣자 하니 다른 성에서 넘어온 삼칭황천이라는 고수가 장강의 수적들과 마찰이 있었다던데…… 조사 결과 그자가 도 공자님을 시해한 흉수와 동일인물이라고…… 그, 그렇다면…… 그쪽이 삼칭황천?"

황춘의 말에 모든 것이 명백해졌다.

장강수로채의 해백정은 패도회의 도막생과 손을 잡았다.

즉, 둘은 적인 것이다.

"알겠다."

추이는 고개를 끄덕였다.

이로써 필요한 정보는 모두 얻었다.

황춘이 눈알을 굴리며 물었다.

"저는 살려 주시는 겁니까?"

"아니."

"아까는 저를 스, 스승으로 모신다고 하지 않으셨습니까?

그런데 어찌……"

"그랬지."

추이는 고개를 끄덕이며 무심한 어조로 말을 이었다.

"스승에 대한 예우다. 혀를 깨물고 자결해라."

"……예?"

황춘이 당황하며 반문하자 추이는 짧게 대답했다.

"객잔에서 죄 없는 사람들 혀를 잘랐잖아. 그러니 네 혀도 잘려야 인지상정이지."

"……."

그 말에 황춘의 눈동자가 파르르 떨렸다.

"이, 이 새끼들! 처음부터 날 죽일 생각이었구나!"

황춘이 버럭 소리 질렀다.

그러고는 눈앞에 있는 추이를 향해 피풍의를 확 벗어 던졌다.

"으아아아아아아!"

그는 똥물을 박차며 돌벽을 타올랐다.

이대로 변소 위로 올라가 문을 열고 칼을 집어 들어 싸울 생각이었다.

그리고 이내, 황춘은 똥구덩이를 탈출해 변소 위로 솟구쳐 오르는 것에 성공했다.

'좋았어!'

눈앞으로 변소의 문이 보인다.

이제 저것을 열고 나가기만 하면 문 앞에 세워 놓은 칼이 있을 것이다.

그 뒤에는 그것을 집어 들고 자신이 시전할 수 있는 최강의 도법인 패도십삼연격을 마구 시전하며 소란을 피우면 된다.

그러면 그 소리를 듣고 멀리 떨어진 곳에서 술을 마시고 있던 교대자들이 달려올 것이다.

'간다!'

황춘은 온 힘을 다해 손을 뻗었다.

그리고 변소의 나무문을 열고 밖을 향해 박차고 나갔다.

……만약 그에게 손이 멀쩡하게 달려 있었다면 그랬을 것이다.

'어?'

황춘은 당황했다.

굳게 달힌 측간의 문은 열리지 않았다.

아니, 그것을 밀어서 열 수 있는 손 자체가 없었다.

그렇다고 해서 그 손이 어디 갔는지, 고개를 숙여 아래를 볼 수도 없었다.

왜냐하면 그는 지금 머리만 남아서 허공에 떠 있는 상태였기 때문이다.

'……아.'

목이 잘려 머리만 남은 황춘이 다시 아래로 떨어져 내린다.

타들어가는 그의 시야로 많은 것들이 들어온다.

무심한 표정으로 서 있는 추이.

휘둘렀던 칼을 칼집에 넣고 있는 오자운.

그리고 목에 앞서 먼저 허물어져 내린 자신의 몸뚱이.

…풍덩!

그것을 마지막으로, 황춘의 머리는 황금색 똥물 속으로 천천히, 똥덩이처럼 가라앉았다.

'황금충'이라는 별명에 썩 어울리는 최후였다.

패도회의 위사들은 밥을 먹는 중이었다.

"어이, 편육은 있는데 젓갈이 없잖아."

"뭐 찍어 먹을 것 좀 가져와 봐."

"이런 건 막내가 가야지."

"황춘이 어딨나?"

그들은 교대 전 조촐한 술상을 즐기고 있었다.

그때.

"으아아아아아아!"

저 멀리서 희미한 비명 소리가 들려왔다.

위사들은 편육을 집어 먹다가 말고 고개를 돌렸다.

그러고는 한바탕 와자하게 웃어젖혔다.

"저거 변소 간 놈 황춘 아니야?"

"낮에 마신 탁주에 탈이 났다고 했었어."

"병신. 뭔 똥을 저렇게 기합 넣고 싸나?"

"수금을 할 때 저렇게 좀 의욕적으로 할 것이지. 쯧쯧–"

그들은 황춘이 똥을 싸기 위해 힘을 주며 고함을 친다고 생각했다.

하지만.

삐그덕–

측간 문이 열리고 그 안에서 황춘이 아닌 다른 두 사람이 나왔을 때, 위사들은 표정을 굳혔다.

한 위사가 칼을 빼 들며 물었다.

"조문객은 아닐 것이고. 너희는 누구냐?"

그러자 둘은 짤막하게 대답했다.

"삼칭황천."

"사망매화."

추이와 오자운이 본격적으로 곤과 칼을 빼 들었다.

추이가 위사들의 술상을 바라보며 말했다.

"편육을 찍어먹을 게 없댔나, 이건 어때?"

추이는 곤의 양쪽 끝에 담긴 두레박을 확 흩뿌렸다.

촤아악–

위사들의 술상 위로 거무튀튀하고 누런 똥물이 끼얹어진다.

"으악!?"

그들은 허공으로 뿌려지는 똥물에 기겁을 하며 나동그라졌다.

동시에.

빠—각!

맨 앞에 있던 위사 하나의 머리통이 박살 났다.

두레박에서 뿌려지는 똥물에 온 신경을 집중하느라 두레박이 걸려 있는 곤 끝을 보지 못했던 것이 패인이었다.

…철푸덕!

흰 병풍 위로 똥물과 핏물이 뒤섞여 흩뿌려지며 절묘한 색채의 수묵화가 그려졌다.

정보도 얻었고, 죽여야 할 이들도 전부 특정했으니 이제는 움직일 때다.

추이와 오자운은 서로를 바라보며 말했다.

"서쪽."

"그럼 나는 동쪽으로 가지."

목적지는 패도회의 가장 안쪽, 패도회주 도막생이 기거하고 있는 최심층부의 누각이었다.

✼

하(河)는 황하를 뜻하고, 강(江)은 장강을 뜻하며, 호(湖)는 동정호를 뜻한다.

패도회의 장원 중앙에는 커다란 호수가 있다.

호북성의 명물 동정호를 그대로 축소해 놓은 듯한 풍경의 이 작은 호수는 뱃속에 하나의 커다란 인공 섬을 품고 있었다.

그 섬과 연결되어 있는 다리는 총 두 개.

하나는 서쪽으로 통하는 다리였고 다른 하나는 동쪽으로 통하는 다리였다.

"서쪽."

"그럼 나는 동쪽으로 가지."

추이는 서쪽으로, 오자운은 동쪽으로 향했다.

병법 삼십육계 중 승전계의 제육 계, 성동격서(聲東擊西)의 수였다.

"이놈들! 어림없다!"

패도회의 무인들이 칼을 뽑아 들고 덤볐다.

하나하나가 황춘과 같은 이급위사들이었다.

…빠각!

추이의 손에서 뻗어 나간 곤이 한 놈의 목을 포(勹)자 모양으로 꺾어 놓았다.

목이 꺾인 놈의 뒤로 세 놈이 뛰어오른다.

우렁찬 기합과 함께 칼을 찔러 넣는 셋.

합이 척척 맞는 것을 보니 이런 싸움을 하루 이틀 해 본 것이 아닌 모양이다.

하지만 그들의 칼이 최대 간격으로 뻗어 나오기 전에, 추이의 곤이 그 싹을 잘라 놓았다.

우드드드드득!

추이가 곤을 가로로 길게 휘두르자 세 명의 허리가 동시에 부러져 나갔다.

바로 그 순간, 뒤에서 칼을 휘두르는 놈이 있었다.

추이는 곧바로 몸을 뒤로 뺀 뒤 곤의 반대쪽 끝으로 그의 얼굴을 찔러 두개골을 박살 냈다.

뻐-적!

피와 뇌수가 뒤섞여 튄다.

그것들은 추이의 몸을 적시고 있었던 똥물을 새로운 색깔로 물들여 씻어내고 있었다.

"고수다! 합공해라!"

살아남은 이들이 칼날을 서로 교차했다.

그것은 마치 날로 이루어진 그물처럼 추이의 몸을 옥죄여 왔다.

하지만.

부-웅!

추이는 그저 곤을 가로로 휘두르는 투박한 동작 하나만으로 칼날의 그물을 죄다 찢어발겼다.

뻐걱- 우지직!

위사 하나의 머리통이 또 깨져 나갔다.

동시에 술상이 반으로 쪼개지며 자리는 완전한 난장(亂場)
으로 변했다.

후두둑— 후두둑— 후두둑—

쏟아지는 피의 소나기.

그것을 맞는 위사들은 눈앞에 있는 존재가 어떤 종류의 것
인지 그제야 파악할 수 있었다.

"……."

"뭐 해? 안 오고."

"……."

"내가 갈까?"

공포.

압도적인 재앙.

단지 똥물이 좀 튀고 말고가 문제가 아니다.

추이가 곤을 들어 올리자 위사들의 표정이 공포로 물들었
다.

저것에 맞으면 머리통은 달걀처럼 부수어지고, 허리뼈는
썩은 나무토막처럼 분질러진다.

심지어 바람에 스치는 것만으로도 살점이 몇 움큼씩 떨어
져 나갈 정도로 빠르고 무거웠다.

…쾅!

곤이 흑색의 궤적을 그리며 쏘아져 나간다.

비록 창날이 없어 창대만이 있는 꼴이지만 이쯤 되면 날붙이가 달려 있든 달려 있지 않든 상관없는 일.

한 위사가 칼을 들어 추이의 곤을 막았으나.

까앙- 퍽!

곤은 칼을 부수고 들어가 그대로 위사의 가슴팍을 움푹 함몰시켜 놓았다.

부러진 갈비뼈들이 살을 찢고 나온다.

추이의 곤에 가슴을 때려맞은 위사는 그 자리에서 즉사해 버렸다.

…우당탕탕!

또 하나의 시체가 술상 위를 뒹군다.

머리가 깨지고, 가슴이 함몰되고, 목이 꺾이고, 허리가 부러져 죽은 시체의 수가 벌써 열다섯 구.

일다경(一茶頃)은커녕 찻물 한두 모금 들이켤 사이에 벌어진 일이었다.

그때.

"웬 소란이냐!"

"저쪽! 다리 너머에 침입자가 있다!"

"다리를 건너라! 침입자를 잡아 죽여라!"

서쪽 다리의 건너편으로 패도회의 무사들이 모여들기 시작했다.

으쓱-

추이는 어깨를 한 번 움직였다.

그러고는 다리 위로 뛰어올랐다.

타다다다다닥!

우아하게 휘어진 교각 위로 발자국 소리들이 요란하다.

추이는 적들의 머릿수와 수준을 빠르게 훑어보았다.

다리 건너편의 위사들은 모두 흑색 피풍의에 붉은 도를 역수로 꼬나 쥐고 있다.

가슴팍에는 금실로 수놓아진 '일급위사(一級衛士)'라는 글귀가 보였다.

추이는 혀를 찼다.

'이번 놈들은 다소 귀찮겠군.'

적들의 면면이 하나같이들 예사롭지 않은 것을 보면 최정예 중의 최정예들이 분명했다.

이윽고, 다리 양쪽에서 건너오기 시작한 이들이 중앙에서 서로 맞닥뜨렸다.

까─앙!

추이의 곤과 맨 앞에 있던 위사의 도가 부딪쳤다.

"……!"

추이는 자신의 곤이 중간에 막힌 것을 보며 눈에서 이채를 발했다.

곤을 받아 낸 위사는 칼을 놓친 채 손목을 부여잡고 물러났으나, 다리를 건너기 전에 싸웠던 이급위사들처럼 일격에 죽지는 않았다.

그리고 그 뒤를 이어 여러 명의 위사들이 칼을 휘둘렀다.

부웅— 쩌엉!

추이는 곤을 한 바퀴 돌려 칼끝들을 쳐냈다.

그러고는 다리의 난간을 밟고 높이 뛰어올랐다.

"뛰었다! 허공이야!"

"놈이 떨어질 때 죽여라!"

"곧바로 칼침을 먹여 주지!"

패도회의 일급위사들이 추이의 숨통을 끊을 준비를 한다.

하지만.

…풍덩!

추이는 다리의 난간을 밟고 그대로 호수로 뛰어들었다.

위사들은 표정을 찡그렸다.

"헤엄을 쳐서 도망칠 셈인가?"

"어림없는 소리. 아까 그놈이 든 곤이 얼마나 무거운데."

"맞아. 난 한 번 칼을 맞댔던 것만으로도 손목뼈에 금이 갔어."

추이가 무슨 생각으로 호수에 뛰어들었는지 위사들은 알지 못했다.

이 호수는 보기에는 얕아 보이지만 깊이가 무려 이 장이나 되기 때문에 추이의 모습은 아예 보이지 않고 있었다.

그때.

볼록―

위사들이 내려다보고 있던 강물의 수면 위가 갑자기 부풀어 오르기 시작했다.

붉은 잉어 한 마리가 수면 위로 대가리를 내밀고 입을 뻐끔거린다.

그것도 잠시.

부우우우욱!

강물 위가 마치 거대한 종기처럼 부풀어 오르는가 싶더니.

콰―콰콰콰콰쾅!

마치 긴 창처럼 뻗어 나오기 시작했다.

콰직! 퍼퍼퍼퍼펑!

다리 위에 있던 위사 하나가 갑자기 터져 나온 물기둥에 맞아 흔적도 없이 사라져 버렸다.

그 주변의 난간은 마치 무언가 거대한 짐승의 아가리에 물어뜯긴 것처럼 푹 패여 너덜너덜해졌다.

위사들은 그제야 추이가 무엇을 하고 있는지 깨달았다.

"뭐야? 무슨 일이야 이게?"

"조심해! 물 밑에서 뭔가 온다!"

"노, 놈이 찌르기를 날리고 있어!"

그들의 말대로였다.

'……'

추이는 곤에 무게에 의지해 강 밑바닥으로 내려섰고, 그

자리에서 수면 위의 다리를 향해 곤을 세게 내뻗었다.

…쿵!

추이가 한 발자국을 밟은 곳에서 엄청난 양의 물거품과 함께 진흙 구름이 버섯처럼 피어올랐다.

일직선으로 내뻗어진 곤이 그 면적만큼의 물을 정면으로 밀어냈다.

그 뒤를 따라 막대한 양의 물이 함께 떠밀려 올라온다.

콰콰콰콰쾅!

곤의 모양을 따라 육각으로 각진 물기둥이 치솟아 올랐다.

추이의 찌르기에 떠밀려 온 주변의 물이 격렬한 소용돌이를 그리며 물기둥의 주위를 맴돌고 있었다.

뻐—억!

다리 아래를 내려다보고 있던 다른 위사 하나가 물기둥에 얼굴을 맞았다.

물에 맞았을 뿐인데 마치 거대한 쇠망치에 강타당한 것처럼 안면이 시뻘겋게 으깨져 버렸다.

펑! 퍼펑! 퍼퍼퍼퍼펑!

호수의 바닥에서부터 밀려 올라온 물기둥이 계속해서 위사들을 때린다.

…퍼억! 뚝!

물기둥에 맞은 무사의 머리통이 팩 돌아가며 목뼈가 꺾였다.

그 옆에 있던 자는 물기둥에 팔이 휩쓸려 들어갔고 그대로 뼈가 부러져 버렸다.

"으아아아악!"

다리 위에 끔찍한 혼란이 벌어졌다.

위사들은 오도 가도 못한 채 속수무책으로 물기둥에 맞아 죽거나 불구가 된 채 호수로 떨어졌다.

"안 되겠다! 다리에서 벗어나자!"

"물이 없는 곳으로! 물이 없는 곳으로 가라!"

"다리에서 나가! 이, 일단 여기를 벗어나야 한다!"

위사들은 다리의 좌우 양쪽으로 뛰어갔다.

일단 어떻게든 물에서 벗어날 생각인 듯했다.

그러나. 상황은 위사들에게 더더욱 안 좋게 흘러가기 시작했다.

호수 바닥에 가라앉아 있는 추이가 공격의 형태를 바꾼 것이다.

촤—아아아아아악!

찌르기에서 베기로. 곤의 궤적이 바뀌었다.

수면이 울룩불룩 차례로 불거져 오르는가 싶더니 이내 거대한 파도가 횡대를 이루어 일어난다.

콰콰콰콰쾅!

그것은 다리 전체를 집어삼키듯 덮쳤고 그 위에서 뿔뿔뿔 흩어지던 위사들을 개미 떼처럼 쓸어가 버렸다.

"푸하!"

"크하악!"

"퉤! 푸우!"

살아남은 위사들은 호수 중앙으로 내팽개쳐졌다.

그들은 죽을 둥 살 둥 헤엄쳐서 뭍을 향해 가기 시작했다.

물론. 그것을 가만히 내버려 둘 추이가 아니었다.

…푹!

허우적대던 위사가 꽥 소리를 내며 고꾸라진다.

수면에 처박은 얼굴 아래에서 시뻘건 핏물이 번져 나오고 있었다.

…푹! …찍! …푹! …찍!

곳곳에서 송곳 소리와 함께 위사들의 비명 소리가 들려왔다.

물론 그것이 끝이 아니었다.

쩍—

능숙하게 헤엄쳐 가던 위사 하나의 머리통이 깨졌다.

호수 바닥에서 뻗어 나온 곤기(棍氣)에 직격당해서 그렇다.

추이는 가까운 곳에 있는 이들은 송곳으로, 멀리 떨어진 곳에 있는 이들은 곤을 뻗어 죽이고 있었다.

꼬르르륵……

그 와중에 헤엄을 못 치는 위사들은 그대로 호수 바닥으로 가라앉는다.

아무도 발버둥치는 그들의 손을 잡아 주지 않았다.

"뭐야! 무슨 일이냐!?"

소란을 들은 증원군들이 도달했을 때에는 이미 상황이 다 끝난 뒤였다.

호수의 물이 붉게 물들었다.

들개가 물어뜯은 개뼈다귀마냥 너덜너덜해진 다리 아래에는 수십 구의 시체들이 둥둥 떠 있었다.

하나같이 머리가 깨지고, 목이 꺾이고, 허리가 부러지고, 가슴이 함몰된 시체들이었다.

그 끔찍한 참상 앞에 증원 온 무사들은 입을 반쯤 벌리고 멍한 표정을 지었다.

바로 그때.

"북쪽!"

다리 아래쪽에서 목소리가 들려왔다.

살아남은 위사 한 명이 물에 둥둥 뜬 널빤지를 붙잡은 채 외치고 있었다.

"침입자가 부상을 입은 채 북쪽 담벼락을 넘어 달아났습니다! 무위는 약 일류 정도입니다!"

생존자의 증언을 들은 위사들의 눈에 불이 켜졌다.

"부상을 입었답니다!"

"쫓아라! 북쪽! 북쪽이다!"

"이놈을 살려 뒀다간 패도회의 명예가 땅에 떨어진다!"

"일류고수 정도라면 우리들 선에서 충분히 정리 가능해! 기필코 잡아 죽이리라!"

그들은 생존자가 손가락을 뻗어 가리키는 방향으로 쏜살같이 뛰어갔다.

그때쯤 해서.

"······."

살아남은 위사가 조용히 널빤지 위로 올라왔다.

그리고 수면 위를 몇 번 박찬 뒤 허공을 날아 다리 위의 난간에 착지했다.

탁–

추이.

어느새 패도회의 흑색 피풍의로 옷을 갈아입은.

추이는 몸에서 시뻘건 내력을 끌어올렸다.

치이이이이익······

내력이 혈관 속을 빠르게 돌자 몸이 뜨거워지며 수증기가 일어난다.

그 외에도 수많은 창귀들이 추이의 몸을 맴돌며 물을 털고 말려 주고 있었다.

이윽고, 추이의 피풍의는 땡볕에 말린 것처럼 바싹 마르게 되었다.

퍼-엉!

추이는 옷을 한번 털었다.

그러자 옷에 말라붙어 있던 피들이 주변으로 나부끼며 자욱한 홍진을 만들어 냈다.

패도회의 일류들이 입는 흑색 피풍의가 완전히 새로 만들어진 듯 빳빳하게 늘어졌다.

추이는 소맷자락을 들어 냄새를 맡아 보았다.

"⋯⋯냄새는 안 나는군."

다행스럽게도 똥 냄새도, 피 냄새도 나지 않는다.

이윽고, 추이는 다리 위로 발걸음을 옮겼다.

저벅- 저벅- 저벅-

삐걱- 삐걱- 삐걱-

목표는 호수 중앙의 인공섬.

동정호의 악양루를 본따 만든 거대한 누각.

패도회주 도막생이 있는 곳의 문을 두드릴 시간이다.

견자(犬子)를 잃어버린 견부(犬父)의 얼굴을 보게 되리라.

참척(慘慽) (1)

추이는 느긋한 걸음걸이로 다리를 건넜다.

섬에 도착하자 황춘의 창귀가 속삭인다.

[탄수(灘水)의 팔진(八陣)⋯⋯ 탄수의 팔⋯⋯ 탄수⋯⋯]

추이는 천천히 고개를 끄덕였다.

"아까부터 계속 무슨 말을 속삭이나 했더니만."

황춘의 창귀는 추이를 위해 경고하고 있었다.

바로 이 섬에 설치되어 있는 진법(陣法)을 말이다.

"⋯⋯."

추이는 섬에 배치되어 있는 기암괴석과 그 사이를 흐르고 있는 물안개에 주목했다.

내원으로 향하는 길은 미로처럼 설계된 진 안에 숨겨져

있다.

　저 안의 수많은 통로들은 방문객을 각자 다른 문으로 안내할 것인데, 그중 대부분은 사문(死門)일 것이요, 극소수의 몇 개만이 생문(生門)이리라.

　추이는 황춘을 비롯한 패도회의 위사들을 모조리 창귀로 만들어 심문했다.

　창귀들은 제각기 진법에 대해 아는 바를 떠든다.

　[진(陣)의 이름은 팔궤(八簋)에 육십사라.]

　[천충(天衝)의 십육진은 양쪽 끝으로······]

　[지축(地軸)의 십이진은 중간에······]

　[천전충(天前衝)의 사진은 오른쪽······]

　[후충(後衝)의 사진은 왼쪽······]

　[지전충(地前衝)의 육진은 앞쪽에······]

　[후충(後衝)의 육진은 뒤쪽에······]

　[풍(風)의 팔진은 천(天)에 대어 붙이고, 운(雲)의 팔진은 지(地)에 대어 붙여서 도합 팔진이라······]

　[천충은 전후충(前後衝)을 아울러 이십사진, 풍 팔진을 합하여 천(天)에 대어 붙여 삼십이양(陽)······]

　[지축은 전후충을 아울러 이십사진, 운 팔진을 합하여 지(地)에 붙여 삼십이음(陰)······ 유병(遊兵) 이십사진은 육십사진의 뒤로······]

　[전충(前衝)은 호익(虎翼), 풍(風)은 사반(蛇蟠), 호랑이와 뱀은

모두 음의 서북녘으로……]

창귀들이 말해 주는 정보는 파편화된 것이었으나 한데 모으면 꽤 쓸 만한 것이었다.

덕분에 추이는 마치 산보를 하듯 한가하게 걷는 것만으로도 진법 속의 함정들을 모조리 피해 생문(生門)으로 나올 수 있었다.

사아아아아아아……

활로(活路)를 통해 빠져나오자 시원한 바람이 불어온다.

물안개가 걷히자 호수 위의 섬이 비로소 본모습을 드러냈다.

악양루를 작게 만들어 옮겨 놓은 듯한 화려한 누각이 세 채.

그 사이로 보이는 연무장과 정원, 작은 연못들.

그곳에는 시비들만이 분주히 오가고 있을 뿐 칼 찬 이들은 보이지 않았다.

추이는 기암괴석들 사이를 빠져나와 그쪽으로 발걸음을 옮겼다.

시비들 몇몇이 경계 어린 시선을 보내 왔으나 추이의 복장을 보고는 이내 안심하는 기색이었다.

"일급위사님이신가요? 어려 보이시는데……."

"진 너머 다리에서 있었던 소란은 뭐죠? 비명 소리가 들렸던 것 같기도 하고. 너무 무서워요."

"대체 밖에서 무슨 일이 벌어지고 있는 거죠?"

"아까 나가셨던 분들은 다 어디 가시고 혼자 돌아오셨나요?"

시비들이 달려와 추이에게 이런저런 것들을 묻는다.

지금껏 아무것도 보지도, 듣지도 못한 것을 보면 그녀들은 진 바깥으로 나갈 수 없는 처지인 모양이었다.

추이는 그런 시비들에게 딱 한마디만을 되물었다.

"패도회에 납치당해 온 여자들. 손을 들어 봐라."

"……?"

그러자 시비들이 서로의 얼굴을 쳐다본다.

추이가 한 번 더 말했다.

"괜찮으니 말해라. 이곳에 있게 된 것이 본인의 의사가 아니었던 이들이 있다면…….."

하지만 드물게도, 추이는 말을 중간에 하다가 말았다.

시비들 전원이 손을 들어 올리고 있었기 때문이다.

"그러한가."

추이는 고개를 끄덕였다.

예상했던 대로 모두 다 납치된 여인들이었다.

이윽고, 추이는 자기 갈 길로 발걸음을 옮겨 놓았다.

"아앗! 그쪽으로 가시면 안 돼요! 회주님께서 아무도 들이지 말라고……!"

시비들은 그런 추이를 붙잡으려 했지만 소용없었다.

추이는 그녀들이 발을 동동 구르거나 말거나 계속해서 장원 안쪽으로 들어갔다.

이윽고, 추이는 가장 안쪽에 있는 누각을 눈앞에 두게 되었다.

끼기기긱……

정문을 열자 위층으로 통하는 중앙 계단이 보인다.

패도회에서 수거한 위사들의 창귀가 그곳을 향해 일제히 피투성이의 손가락을 뻗었다.

그곳이 바로 도막생이 있는 곳이었다.

나무 난간이 오래된 신음 소리를 낸다.

삐걱- 삐걱- 삐걱-

추이는 천천히 계단을 올랐다.

누각의 꼭대기인 오 층에는 그윽한 향 냄새가 퍼져 있었다.

우아하게 서 있는 병풍들의 벽 너머로 희미한 그림자 하나가 보였다.

生死路隱 此矣 有阿米 次肹伊遣

-죽고 사는 길이 여기 있으매 두렵고.

吾隱去內如辭叱都 毛如云遣去內尼叱古

-나는 간다 말도 못 하고 가는가.

於內秋察早隱風未 此矣彼矣浮良落尸葉如

-어느 가을 이른 바람에 여기 저기 떨어질 나뭇잎처럼.

一等隱枝良出古 去如隱處毛冬乎丁

-한 가지에 나고도 가는 곳 모르겠구나.

阿也 彌陀刹良逢乎吾 刀修良待是古如

-미타찰(彌陀刹)에서 만날 날을 칼 갈며 기다리겠노라.

노래가락에 맞추어 들려오는 시구를 들으며, 추이는 곤을 들었다.

빠—가가가각!

시커먼 몽둥이가 휘둘러져 병풍들을 찢어발겼다.

그러자 몇 겹으로 쳐진 상중의 장막 너머로 한 거한의 모습이 보였다.

패도회주 도막생.

그가 목어(木魚)와 향로 앞에 앉아 무릎을 꿇고 있었다.

이윽고. 도막생이 천천히 고개를 돌렸다.

움푹 꺼진 볼.

백짓장처럼 창백한 얼굴.

하지만 오직 눈에서만큼은 생기가 흘러넘치고 있었다.

다만 그 생기라는 것은 다소 이질적이었다.

마치 갓 도축한 소의 배 속에서 간을 꺼내어 썰었을 때의 느낌, 그 날것 그대로의 생기.

그것이 시뻘겋게 물든 도막생의 눈에서 줄기줄기 뿜어져 나오고 있는 것이다.

"⋯⋯그저 만만한 것은 부처와 원시천존이었다."

도막생은 건조한 목소리로 추이를 향해 말했다.

"죽이고 또 죽이고, 억겁에 걸쳐 고쳐 죽여도 모자란 것들. 그것들이 내 아들을 데려갔다고 생각하면 눈을 뜨고 있어도 감은 것이고, 눈을 감고 있어도 뜬 것이나 다름없었다."

그가 일어났다.

거력패도라는 별호답게, 그의 몸집은 천장에 닿을 정도로 거대했다.

도막생은 추이를 바라보며 말했다.

"잘 왔다. 살아 있어 주어서 고맙다. 너를 증오할 수 있게 해 주어서, 그리고 내 손으로 직접 너를 찢어 죽일 수 있게 해 주어서, 내 아들의 제사상에 네 살점으로 담근 육젓을 올릴 수 있게 해 주어서, 진심으로 감사한다."

그는 짐승 같은 울음소리를 주리 참듯 꾹꾹 누르고 있었다.

치받치는 통곡, 영원한 극형, 원초적인 증오.

휘몰아치는 생명 본연의 포악성이 성성하게 곤두선 눈알

속의 핏발에 끈적하게 배어 나온다.

도막생은 생간을 씹을 때 뚝뚝 떨어지는 핏물처럼 목소리를 흘렸다.

"'맹자(孟子)'에 '환과고독(鰥寡孤獨)'이라는 말이 나온다."

추이 역시도 이 구절을 안다.

'환(鰥)'은 아내를 잃은 남자를 뜻한다.

'과(寡)'는 남편을 잃은 여자를 뜻한다.

'고(孤)'는 부모를 잃은 아이를 뜻한다.

'독(獨)'은 자식이 없는 부모를 뜻한다.

그래서 아내를 잃은 남자를 환부(鰥夫)라 칭한다.

그래서 남편을 잃은 여자를 과부(寡婦)라 칭한다.

그래서 부모를 잃은 아이를 고아(孤兒)라 칭한다.

"……여기에 자식을 잃은 부모를 뜻하는 말은 없다. 그렇지 아니한가?"

독부(獨夫)나 독부(獨婦)는 원래부터 자식이 없는 남자, 여자를 가리킬 뿐.

있던 자식을 잃어버린 남자나 여자를 뜻하는 단어는 존재하지 않는다.

그것은 단어가 가지는 의미를, 그 슬픔의 뜻을 온전히 담아낼 만한 그릇을 찾지 못했기 때문이리라.

하지만 추이는 이에 별다른 반응을 보이지 않았다.

그저 여느 때와 다름없이, 무미건조한 목소리로 짧게 대답했을 뿐이다.

"감성 팔지 마라."

"⋯⋯."

"너희 부자 둘 다 똑같다. 남의 부모, 아들, 딸 눈에서 피눈물을 수없이 뽑아내지 않았던가. 이 정도 값이면 싸게 먹힌 셈이지."

"⋯⋯."

추이의 대답을 들은 도막생이 천천히 일어났다.

이윽고, 그가 바닥에 있던 커다란 칼을 집어 들었다.

ㅊㅊㅊㅊㅊㅊㅊㅊ⋯⋯

절정의 고수들만 뿜어낼 수 있다는 액체 형태의 강기(罡氣).

칼의 눈물이라 불리는 '검루(劍淚)'.

그것이 도막생의 칼끝에서 꿀처럼 끈적하게, 핏물처럼 붉게, 뚝뚝 방울져 떨어지기 시작했다.

그는 추이를 향해 나지막한 목소리로 말했다.

"다시 한번 말하지만, 정말로 잘 와 줬다. 만약 네놈들이 그냥 초장현을 지나갔다면 내가 사냥개들을 끌고 황천 끝까지라도 쫓아갔을 것이야."

"⋯⋯."

추이는 조용히 턱을 한번 쓸었다.

호북성의 성벽을 넘기 전에 패도회를 정리하고 가겠다고

결정한 것은 다시 생각해도 탁월한 선택이었다.

이들을 후방에 그냥 두고 갔더라면 필시 무림맹의 추적조들과 야합했을 것이고, 만약 그랬다면 전략을 수립하기가 배로 까다로웠을 것이다.

만약 야합하지 않았더라도 정도와 사파의 사냥개들을 한꺼번에 떨궈 내는 것은 쉽지 않은 일.

차라리 지금 서로의 존재를 모르고 떨어져 있을 때가 가장 처리하기 쉬운 순간인 것이다.

한편, 도막생은 칼을 꺼내 들며 으르렁거렸다.

"네 몸에서 발라낸 살점으로 편육을 만들고 네 배 속에서 끄집어낸 내장으로 젓갈을 담글 것이다. 그것을 내년 내 아들의 제사상에 올리리라."

지금껏 갈 곳을 잃었었던 아비의 분노가 정확하게 한 곳을 향해 집중되고 있었다.

이윽고, 도막생의 칼이 우에서 좌로 길게 그어졌다.

…번쩍!

시뻘건 빛과 함께 초승달 모양이 참격이 폭사되었다.

"……!"

추이는 재빨리 고개를 숙여 위로 날아드는 절삭의 궤도를 벗어났다.

쩌-억!

추이 뒤쪽에 서 있던 벽이 두 조각으로 갈라졌다.

물론 그뿐만이 아니었다.

콰콰콰콰콰쾅!

창문 건너편에 있던 다른 누각이 통째로 잘려 나갔다.

그 안쪽의 벽, 기둥, 지붕, 그 안의 집기들이 훤히 들여다 보일 정도였다.

'과연.'

추이는 고개를 숙인 자세 그대로 몸을 낮추었다.

높은 누각 하나를 통째로 베어 버리는 것을 보니 거력패도(巨力覇刀)라는 별호가 괜히 붙은 것이 아니다.

과연 젊었던 시절에 도왕의 호적수로 통했던 사내다웠다.

'……하지만 그것은 거력패도와 도왕이 아직 풋내기였던 시절의 이야기. 지금의 둘은 하늘과 땅의 차이겠지.'

도왕(刀王)과 검왕(劍王)은 현재의 호적수.

그리고 추이는 그중 검왕 남궁천과 겨뤄 봤던 경험이 있었다.

-第五手-

남궁천과 주고받았던 마지막 공격을 떠올린 추이가 몸에서 기세를 내뿜었다.

…후욱!

창귀들이 시뻘건 피눈물을 흘리며 추이의 단전 속 깊숙한 곳에서 기어 나왔다.

물론 일반인들에게는 그저 붉은 기운이 아지랑이처럼 뿜어져 나오는 것으로 보일 뿐이었다.

"……!"

도막생은 추이의 전신에서 피어오르는 날카로운 살기에 움찔했다.

증오와는 별개로 도저히 믿을 수 없다는 눈빛.

대체 어떻게 저렇게 어린 나이에 이런 수준의 무공을 보유할 수 있는지에 대한 의문.

하지만 그러거나 말거나, 추이는 단전 속의 공력을 최대한 끌어올렸다.

남궁세가의 태상가주 남궁천.

그런 강적에게서 살아남은 추이의 경지는 현재 이올(彝兀)의 제이 층계에 이르러 있었다.

추이와 도막생이 대치하는 가운데.

…우르릉! 콰쾅!

창문 너머, 도막생의 칼에 쪼개진 누각이 완전히 내려앉았다.

쩌적- 쩌저저저적-

그리고 두 사내가 기 싸움을 벌이고 있는 현재의 누각 역시도 금방이라도 무너질 듯 위태로웠다.

이대로라면 둘 다 무너지는 건물의 잔해에 깔릴 위기였다.

이윽고, 도막생이 내뱉은 침음이 먼저 침묵을 깼다.

"나가자."

넓은 곳에서 한판 뜨자는 말.

추이 역시도 긴 무기를 다루는 만큼 협소한 공간에서의 싸움은 여러모로 불리하다.

딱히 거절할 이유가 없었기에 추이는 도막생을 따라 누각 밖의 장원으로 향했다.

바야흐로, 물러설 곳 없는 절정고수들의 생사결(生死決)이 이루어지려 하고 있었다.

다음 권으로 이어집니다

꿈의 도약, 로크에서 하십시오
(주)로크미디어에서 신인 작가를 모십니다

즐거운 세상, 로크미디어는 꿈을 사랑하고 도전을 두려워하지 않는 작가 분들의 참신한 작품을 기다리고 있습니다. 21세기 장르 문학계를 이끌어 갈 차세대 선두 주자 (주)로크미디어에서 여러분의 나래를 활짝 펴 보시길 바랍니다.

모집 분야 판타지와 무협을 포함한 장르 문학
모집 대상 아마추어 작가, 인터넷 작가
모집 기한 수시 모집
작품 접수 시 유의 사항
1. 파일명은 작가명_작품명.hwp형식을 갖춰 주십시오.
1. 파일에 들어갈 내용은 다음과 같습니다.
   - 성명(필명인 경우 실명을 밝혀 주세요), 연락처, 이메일 주소
   - 제목, 기획 의도
   - A4용지 1장 분량의 등장인물 소개
   - A4용지 2장 분량의 전체 줄거리
   - 본문
1. 작품이 인터넷에 연재되고 있다면, 게시판명과 사이트의 구체적이고 정확한 주소를 기재해 주십시오.

선택된 작품은 정식 계약 후 출판물로 간행되어 전국 서점에 유통됩니다.
작가 분은 (주)로크미디어의 전폭적인 지원하에 전속 작가로 활동하시게 됩니다.
※ 자세한 내용은 로크미디어 홈페이지(rokmedia.com)를 참조하세요.

(04167)서울시 마포구 마포대로 45 일진빌딩 6층
(주)로크미디어 편집부 신간 기획 담당자 앞
전화 : 02) 3273-5135
www.rokmedia.com   이메일 : rokmedia@empas.com